結婚は契約に含まれません!

〜助けたのは伯爵令嬢のはずですが〜

Riri Yamanobe
山野辺りり

Honey Novel

Illustration

輪子湖わこ

CONTENTS

プロローグ

キラキラ輝く綺麗《きれい》なアクセサリー。

思わず溜《た》め息《いき》をつくほど繊細なレースは芸術品のよう。

風を受けてドレスの裾が揺れ、絹の光沢が一際艶めく。

複雑に結い上げた髪を飾るのは、愛らしくありつつも幼くは見えないビロードのリボン。

流行の最先端でなくても構わない。薔薇《ばら》色に染まった頬と濡《ぬ》れた唇、それからくるりと上がった睫毛《まつげ》が瞳を彩れば、充分魅力的なのだから。

華奢《きやしや》で白い手には、小振りなパラソルだけだ。

重い荷物や土に汚れた農機具は似つかわしくない。細く真っ白な指が触れるものは、いつだって美しく誰もが憧れるもののみ。

庶民が一生働いても手が届かない――夢見ることすらおこがましいもので囲まれている。

アルエットは高級店が立ち並ぶ通りの向こうに視線をやり、ひっそりと感嘆の息を漏らした。

見るからに立派な馬車から降りてきたのは、教会に飾られた天使像よりも整った顔立ちの少女。年の頃は十代半ばだろうか。

女性と呼ぶには成熟しきらない、けれどいずれ確実に大輪の花を咲かせると思しき、蕾《つぼみ》のようだ。遠目からでも飛び抜けて整った容姿であるのが、はっきりと見て取れた。

——ああ、可愛《かわい》い……小さく華奢で、庇護欲《ひごよく》がそそられる。理想そのものの『女の子』。

どこか良家のご息女に違いない。貴族か、裕福な商家の娘か。少々冷めた眼差しが、彼女をより高貴で神秘的に見せている。さながら、触れるのも躊躇《ためら》われるほどの完成美を誇る芸術品だった。

アルエットの他にも目を奪われている者はいたが、誰もが遠巻きに羨望の眼差しを向けるのみ。近寄りがたい雰囲気を、その少女が放っているからかもしれなかった。

しかしどちらにしても、アルエットに関係ないのは間違いない。

どんなに熱望しようとも、庶民の中の庶民の——それも貧しい部類に入る自分には、こうして盗み見するのが関の山。

たった一本の通りに隔たれた向こう側とこちら側では、生きている世界がまるで違う。叶《かな》うなら自分もああいう格好をして麗しい少女とお喋《しゃべ》りしてみたいなんて、高望みも甚だしい。

さりとて一応年若い女性の身としては、目で追うのを止められなかった。

何故《なぜ》なら、あまりにも自分の『理想そのもの』であったから。

触れたこともない絹の感触に思いを馳《は》せ、この先も身につける機会はないイヤリングの重みを想像する。コルセットは苦しいと聞くけれど、どれほど腰を細く絞ってくれるのか興味もあった。ヒールの高い靴は足に負担がかかるらしいが、こうして見ている分には本当に優美だ。

――綺麗だなぁ。素敵だなぁ。淡いピンクがとても似合っている。お化粧も、瑞々《みずみず》しい彼女の魅力を引き出していて――小柄で儚《はかな》げなあの少女にピッタリ――

そこまで考え、アルエットは苦笑を滲《にじ》ませた。

そうだ。あれらのドレスや装飾品は、彼女だからこそ似合っているのだ。もしも自分が同じものを身につけたら――

――笑いものになって終わりだわ……

自嘲がチクチクと胸を刺す。

別にアルエットがああいった上質な装いとはほど遠い田舎《いなか》娘であるとか、高いヒールを履きこなせないことだけが理由ではない。

勿論《もちろん》、それらも要因の一つであるのは確実だが、遥かに大きな『原因』は他にあった。

可愛いものは、可愛い人が身につけてこそ輝きが増す。素敵な商品は、それに相応《ふさわ》しい人が身につけてこそなのである。

好き嫌い以上に大事なこと――おそらくそれは、釣り合いが取れているかどうか。

誰かが不意に目にしてしまった際、『見てはいけないものを目撃してしまった』と気まずい気分にさせないように。

アルエットは凹凸が少なく縦にひょろ長い自身の身体《からだ》を見下ろした。

自分は周りの女の子に比べてずば抜けて身長が高い。よく言えばスラリとしているし、悪く言えば寸胴で無駄に上背ばかりが成長した。

もっと肉がついてほしかった胸や尻は、絶壁とは言わないまでも少々物寂しい稜線《りょうせん》でしかなく、むしろ限りなく平面に近い。

中性的なのは体型だけではなく、顔立ちもだ。

凛々《りり》しく端正な容姿は、柔らかさに欠けている。

無論、体毛が異常に濃いとか骨格が逞《たくま》しいなんて特徴までは有していないものの、アルエットは過去、男の子に間違われたこともあった。

きちんとスカートを穿《は》いていたし、髪型だって未婚女性の定番だったのに、解せない。

——そういえば王都に出てくる前、私のあだ名は『王子』だったものなぁ……そもそも私、人生で女の子扱いされたこと、あったっけ？

同年代の友人らは全員仲がよかったけれど、アルエットの立ち位置は当時から『男の子』寄りだった気がする。実際、同性に告白されたこともあれば、異性にライバル認定されたこともあった。

家族は下に弟が四人。そのせいか服はおさがりにちょうどいいからと、男児用ばかりを着せられていたし、体格が恵まれていたアルエットが家では専ら力仕事を担っていた。

つまり、両親もアルエットを半ば長男扱いしていたのだ。

――いかん。これ以上考えてもいいことないわ。

嫌な記憶を掘り起こしそうになり、アルエットは緩く首を横に振った。

――どうせ私には関係ないことだもの。そんなことより、早く仕事を終わらせなくちゃ。

だいたいいくら見つめたところで、あの店で扱っている商品はどれも私の手が届く金額じゃあるまいし！　身分が違いすぎて、あの子とお友達になるなんて、もっと無理だし！

殊更明るく考えて、一度強く目を閉じ深呼吸する。

憧れるだけ無駄だ。きっとあの少女が身につけている靴下一枚、アルエットが身を粉にして働いても買える値段ではあるまい。だったら考えても仕方がないではないか。まったく似合いもしない高級品に現《うつつ》を抜かす余裕はないのである。今日だって、家族全員分の明日の朝食を確保するため労働に勤しまねばならないのだから。

一年前、大嵐に見舞われ家も畑も失ったアルエット一家は、心機一転王都へ家族揃《そろ》って移住を決めた。それまで住んでいたのは、近年住民が減るばかりで目ぼしい産業もない貧しい島。

漁師だった父は船まで失い、すっかり意気消沈してしまった。そこで生活を立て直すためにも、新たな場所で一から始めようとみんなで決めたのだ。

王都でなら、選ばなければ仕事はそれなりにある。

とはいえ、田舎から出てきたばかりの新参者が稼ぐのは容易ではない。家族全員が力を合わせ、やっと日々を凌《しの》げる程度だ。まだ幼い弟たちに食べさせるため、特にアルエットが頑張らねばならなかった。

今はまだ届け物をしたり、店番をしたり『お手伝い』程度のことしかできないけれど、ゆくゆくは『何でも屋』のようなものを開業したいと思っている。体力と愛嬌《あいきょう》には自信があるので、それなりに上手《うま》くいくはずだ。

故に、よそ見をしている暇はなかった。

──羨ましくなんて、ない。

アルエットは可憐《かれん》な少女から視線を引き剝《ひは》がし、勢いよく歩き出した。

1　便利屋の店主です

「ご利用ありがとうございました。またのお越しをお待ちしております」

深々と頭を下げ、アルエットは本日最後の客を見送った。

ドアベルが涼やかな音を奏で、店内には静寂が訪れる。

満足げに帰っていった依頼人は、友人の奥様方にここのいい評判を吹聴してくれるだろう。上々である。それでこそ格安でありつつ、依頼人の心に寄り添った仕事を完遂した甲斐《かい》があったというもの。

「……はぁあ……今日も疲れた」

客を見送ったアルエットはドサッと倒れ込む勢いでソファーに座り、愛想のよい笑顔から真顔になった。

本日もよく働いた。それはもう、全力で。若輩者と侮られないよう、立ち居振る舞いには特に気をつけている。

そうでなくても、若い女が店主ということで、ひやかし半分に無理難題を吹っかけてくる輩《やから》も少なくはないのだから。

――まぁ、ここ最近そういう無礼者は随分減ったけれどね……

アルエット・ファイナ。弱冠二十歳で『便利屋』を立ち上げ、一年になる。

当初は依頼が少なく、細々独りで繕いものやら子守やら、はたまた人数合わせの集まりへの参加など何でも引き受けていたが、このところは持ち込まれる仕事が変わりつつあった。

どうやら過去の客らが高評価の噂《うわさ》を流してくれているらしい。

曰《いわ》く、料金はとても良心的。仕事はどんなことでも丁寧かつ完璧。更に秘密は厳守してもらえるなどだ。

アルエットは女性にしては体格がよく筋力に恵まれていることもあり、力仕事を頼まれることもある。手先も器用なので、裁縫以外に大工仕事もお手の物。また子どもが好きなので、休みたい母親の代わりに幼子の面倒を見ながら家事だってこなせる。

引っ越しの荷物運びだってへっちゃらだ。一般的に女性一人の転居の場合、親族に頼めない者はなかなか大変なのだが、そういう層に重宝されていた。

つまりこれまで『大っぴらに依頼できない』『男性には言いにくい』ことを、店主が女性であるアルエットだからこそ頼みやすいと考える人が結構いたということだ。

最近では、夜道を一緒に帰ってほしいとか、男装して恋人の振りをしてほしいなんて仕事も来るようになった。

後者に関しては色々思うところがあるけれど、まぁいい。

どちらにしても、仕事が順調なのはいいことだ。生活の質もかなり向上した。

アルエット自身稼げるようになった上、弟たちが家事や店を手伝ってくれるのでとても楽になっている。

「姉ちゃん、外の看板しまっていい？　今日はもう営業終了だよね」

「うん。さっき帰られた人で終わりだよ」

十六歳になるすぐ下の弟が手早く店の外を片づけ、扉に鍵をかけた。最近は予約で手一杯になり、急な飛び込み依頼は受けていない。本日予定している来客は先刻の人物が最後だった。そもそもここに来る人の中には、他者と顔を会わせるのを厭《いと》う者もいる。

あくまでもこっそりと相談したい――そういった客も少なくないのだ。

「――それにしても、娘の結婚相手の評判や素性を事前に調べたいっていう親の依頼、案外多いんだね」

「まぁ、気持ちは分からなくないわ。人の紹介となれば、いい面しか説明されないだろうし、鵜呑《うの》みにはできないものね」

普通の親の心情として、娘が苦労する家にわざわざ嫁がせたくはないだろう。

少しでも暮らしが楽になるように、大事にしてもらえるように、幸せに暮らせることを願うはずだ。そんな時、上っ面の話よりも、真実が知りたいと願うのは当然のこと。

実際は近所でどう思われているのか、過去の経歴に嘘《うそ》はないのか、面倒な親族はいないのか、借金と持病の有無は等々、知っておきたいことはごまんとあるに決まっている。

だがあからさまに嗅ぎ回るわけにはいかない。そんな失礼な真似《まね》がバレれば、せっかくの良縁が破談になりかねないためだ。

それに、他者の秘密を暴くのに人を雇えば金がかかる。しかもやや汚いイメージがつきまとうもの。

そんな中、アルエットのような若い女に『あくまでも相談、または愚痴』の態《てい》を取れる依頼は渡りに船らしい。その上料金が安いならば、言うことなしだ。

結果、開業以来アルエットの『便利屋ファイナ』は着実に業績を伸ばしていた。

近頃は『夫の浮気の証拠を集めたい』などの依頼も増えつつあり、すっかり調査・尾行・張り込みが主な業務になっている。

「今回は無事問題なしの報告ができて、よかったわ」

「そうだね。これが実は他に女がいますよとか酒乱ですなんて裏の顔が出てきたら、こっちとしても依頼者に言いにくいもんね」

「まったくだわ……」

あくまでもアルエットは探り当てた『秘密』を報告するのみ。

その際泣かれることも少なくないので、今日のように双方笑顔で終えられるのは、非常に気分がよかった。何なら祝杯をあげたいところだ。

「幸せになってくれればいいなぁ」

「大丈夫じゃない？　ちょっと人づき合いは苦手みたいだけど、その分誠実に家族を大事にしてくれそうな男性だったよ。……っていうか姉ちゃん、人の心配している場合？」

「う」

弟の声が一段低くなり、いつもの小言が始まる予感にアルエットは首を竦《すく》めた。

五つも年下の弟は、母親によく似ている。顔立ちだけでなく、性格や物言いも。故に、こうして適齢期にもかかわらず一向に浮いた話のない長女を、必要以上に心配してくるのだ。

よくも悪くも父親に似て『男前』な姉のことを。

「姉ちゃんのおかげで生活は楽になっているけど、もっと自分の幸せも考えてくれよ。若さは永遠じゃないんだよ。俺たちだって、もう姉ちゃんに頼りっきりじゃないんだしさ」

「あぁ、もう分かっているってば。でもこんなにデカくて可愛げのない女を嫁にしようと考える猛者《もさ》がいると思う？」

自分で言っておいてざっくり心が傷ついたが、仕方ない。本当のことだ。

女性の平均身長を大きく超えた長身に、棒切れの如《ごと》く凹凸のない細い身体。男性の助けがなくても、一通りのことは自力で解決できてしまう可愛げのなさ。

体力も腕力も、そんじょそこらの男どもに負けやしない。いや、勝負を挑む気もないのだが。

なまじ顔立ちは悪くないせいか、同性から『アルエットが男だったら――』と切なげに告げられたのも、一度や二度ではない。

ふんわりとした明るい茶色の髪は印象を和らげてくれるものの、深い焦げ茶の瞳やキリッとした眉は美男子顔負け。

いわゆる可愛い格好は絶望的に似合わず、むしろ弟たちの服を借りて着ていた方が評判がよかった。

端的に言えば、アルエットは非常にモテる。相手は女性限定ではあるが。悲しい。

——男の人から求愛されたことは、一度もないけどね……

人知れず遠い目をして、アルエットは自嘲した。

もうとっくの昔に諦めているとはいえ、改めて現実に向き合うと心が痛い。これでも一応、二十一歳の乙女だ。結婚適齢期真っただ中で、それなりに夢も持っている。

ただ、お花畑妄想よりも厳しい『世の中』を知っているだけで。

「また姉ちゃんはそんなことを言って……俺たちいつも言っているじゃないか。姉ちゃんはどんな奴より凛々しくて格好いいって！」

「……ありがとう」

純然たる褒め言葉のつもりで口にしている弟を前にして、怒ることは勿論、肩を落とすこともできずアルエットは頬を引《ひ》き攣《つ》らせた。

ギリギリ笑顔には見えているはずだ。そうでなくては困る。

可愛く純真な弟は、心底姉を称《たた》えているに違いないのだから。

「姉ちゃんは世界で一番いい女だよ！　俺、結婚するなら姉ちゃんに似た逞しい人を選ぶもん。力持ちで強い、頼り甲斐のある相手をね！」

「は……はは、嬉《うれ》しいぞ……弟よ……」

秘かに弟の『理想の女性像』へ不安を抱きつつ、アルエットは目尻の水滴を拭った。泣いてなんていない。これはただの汗だ。

「ところで姉ちゃん、今日はいつもより早く店じまいしたし、たまにはどこかに寄っていかない？　この前、表通りに新しい菓子店ができたとかで、話題になっているんだ」

「ああ……そういえば人が集まっているのを見た気がするわ。――でもごめんね。今日はちょっと行きたいところがあるんだ」

期待に満ちた瞳を向けてくる弟に謝り、アルエットは手早く荷物を纏《まと》めた。

「何か用事があるの？」

「用ってわけじゃないんだけど、せっかく時間が空いたから確かめておきたいと思って」

アルエットが事務机の上にある『保留』の書類束へ無意識に視線をやると、姉の熱心な仕事ぶりを知る弟はそれだけで何かを察したらしい。

「……昨日相談に来たお客さんの件？　まだ正式に依頼されるかどうかも分からないのに、下調べするつもり？」

「うん……まぁ」

じろりと弟に睨まれて、やや気まずい心地になった。弟の言いたいことも分からなくはない。きっと、お節介だと呆《あき》れているのだと思う。

昨日、最後にアルエットの店へ現れたのは、まだ年若い娘だった。

顔立ちは整っているものの、どこか儚い印象を漂わせ、白い肌と潤んだ瞳が印象的な少女。一言で言えば、庇護欲をそそられた。そしてアルエットは、そういう相手を放ってはおけない性分である。

「交際を断った男につきまとわれているって聞いて、同情しているんでしょう？　だけど今でさえ受けている依頼で手一杯なのに、頼まれてもいない仕事に首を突っ込むの？」

弟の言い分は至極もっともだ。

多忙な中、余計なことに時間も労力も割くべきではない。頭では分かっている。だが、困り果てていた少女の顔を思い出し、アルエットはいても立ってもいられなくなってしまった。

「うちは格安なのに、その料金ですら払えそうもなかったじゃないか。親に相談してから決めるとは言っていたけど、たぶん無理だよ。家族に心配かけたくないとも言っていたし、もう二度とここには来ないと思うな」

「かもしれないけど……でも――」

不安感を滲ませた少女は痛々しかった。今のところ待ち伏せをされている程度の被害のようだが、この先どうなるかは不透明だ。

そもそも非力な女にとって、自分より体格がよく力も強い男性に終始追いかけ回されるだけでも、相当な精神的負担であるのは間違いなかった。

情熱的求愛と言えば聞こえはいいけれど、はっきり断って尚《なお》迫られるのは苦痛だ。度を越せば、恐怖を抱いても不思議はない。

「ちょっと、周辺を見回ってみるだけよ」

せめてよく行き来する場所で人通りの多い道や、いざという時に助けを求められそうな店を調べておけば、彼女の助けになるかもしれない。

それなら、アルエットが勝手にしたことなので料金を請求しないで済む。それに他の女性らにとっても有益な情報になるだろう。

だから今日、時間がぽっかりと空いたのも何かの縁だと思ったのだ。

「まったく姉ちゃんは……底抜けのお人よしだな」

「褒めているの？　馬鹿にしているの？」

「勿論、心の底から称賛しているんだよ。流石《さすが》は俺たちの尊敬する姉ちゃんだ。でもくれぐれも危ないことには首突っ込まないでくれよ。たとえ姉ちゃんがそこらの男どもより腕っぷしが強くても、怪我《けが》はするかもしれないしさ。本当は俺が一緒についていってやりたいけど……」

「一人で大丈夫だって。それよりあんたは今日、夕食当番でしょ。美味《おい》しいもの作って待っていてちょうだい」

ファイナ家の食事は当番制だ。今夜は彼が腕を揮《ふる》う予定になっていた。

「任せといて。姉ちゃんも暗くなる前に帰ってこいよ」

勇ましく胸を叩《たた》いた弟を見送って、アルエットも掃除を済ませて店を出た。

空はまだ夕暮れ前の柔らかな色をしている。だがモタモタしていては、あっという間に暮れてしまうだろう。

王都とはいえ、女一人があまり遅い時間に出歩くのは危険だ。酔客に絡まれるのも面倒なので、アルエットは足早に目的の場所に向かった。

そこは昨日相談に来た少女が、市場から家に戻るのによく通ると言っていた道。昼間なら沢山の人が行き交っているものの、この時間帯だと人通りはぐっと少なくなっていた。

その上外灯の光が届かない場所もあり、かなり暗い。今からこの調子では、更に日が落ちれば足元も危うくなるに違いなかった。

「……でも日が暮れてから帰ることもあるって言っていたものね……」

――近道だって言っていたけど、やっぱり遠回りでも大通りを選んだ方がよさそう……

少女がいつも通っていると予想される路地は、あまりにもひと気がなかった。こんなところで男に待ち伏せされては、いい気分はしないに決まっている。

本当に彼女のことが好きならば、もう少し相手の気持ちを慮ってほしいと考えつつ、アルエットは裏路地に足を踏み入れた。

――お世辞にも安心安全とは言い難いなぁ……それに不衛生……

華やかな王都も、一歩奥に入れば途端に別の顔を覗《のぞ》かせる。ゴミが放置された裏路地は饐《す》えた臭いがし、鼠《ねずみ》の気配があった。

どこも人目につきにくい場所はこんなものとはいえ、好んで歩きたいところではない。ましてや遅い時間一人きりなら尚更だ。

アルエットは、昨日相談にやってきた震える少女を思い出し、陰鬱な溜め息をついた。守ってあげたくなる可愛さ――というのも、いいことばかりではないらしい。

アルエット自身はそういった被害に遭ったためしがないので想像することしかできないけれど、自分よりも圧倒的に力が強いものに狙われるのは、恐怖以外ない。アルエットだって森の中で熊に遭遇したら命の危機を感じる――と妄想しかけて、はたと気がついた。

――男性と熊は比較対象にならないじゃない……

お粗末な己の空想力が悲しい。男に言い寄られたことがないせいで、哀れな少女の苦悩を想像しきれていなかった。

――ああもう。私ったら本当に残念すぎる。とにかく今は熊について考えている場合じゃないことだけは確かだわ……！　仕切り直さなきゃ。ええっと彼女の家はあっちだから――

どうにも情けない気分でアルエットが路地を右に曲がった時。

「……ん？」

入り組んだ道の先は、小さな噴水を中心にした広場。

かつてはそこが水汲《く》み場になっていたらしい。今では使われておらず、近隣の住民らの憩いの場になっているのだが——普段ならこの時間はひと気がないその場所に、数人の人間が集まっていた。

——珍しい。でも何か……様子が変？

人数は四人。

うち三人の男は黒尽くめだ。鮮やかなドレスを身につけた女性を取り囲むようにして立っている。それだけなら、アルエットは特に気に留めなかったかもしれない。

だが真ん中にいる女性が石畳に膝をついた体勢なのを見て取って、眉間に皺《しわ》を寄せた。

——友好的な関係には見えないんだけど？

しかも問題の女性は、この辺りではお目にかからないような上質な装いだ。おそらく裕福な商家の娘か貴族令嬢。そんな女性が屋外で跪《ひざまず》いているのは、異様な光景だった。

「……どうかされましたか？」

考えるより先に、アルエットは足を止め彼らに声をかけた。それでも、慎重に距離は保つ。

万が一のことを考え、大通りに逃げ助けを呼びに行く準備は怠らなかった。

「——何でもない。あんたには関係ないから、とっとと向こうに行け」

「その女性、ご気分が悪そうですけど……近くに休める場所がありますから、ご案内しましょうか？」

取りつく島もないほど冷たく返されたが、アルエットはあえて愛想よく言葉を続けた。お節介な善人がさも心配している振りをしつつ、そっと中央にいる女性を窺《うかが》う。俯《うつむ》いた彼女の表情は、長い金色の髪によって完全に隠されていた。

「あ、それともお困りの様子ですから、人を呼んでまいりましょうか！」

アルエットがわざと声を張り上げれば、明らかに男たちが顔を曇らせた。どうやら他人の目に触れるのを避けていると察し、ますます警戒してしまう。

どう考えても、男たちが女性を護衛しているようには見えない。むしろ襲っているとしか考えられない状況だ。そうでなかったとしても、よからぬ事件の臭いがした。

——これは……ただ事ではないんじゃないの……？

アルエットは腹に力を込め、男たちと対峙《たいじ》した。相手は三人。しかも全員体格がいい。おそらくそれなりに鍛えているはずだ。武器の有無は確認できないとしても、自分一人で太刀《た》打《う》ちできるとは到底思えなかった。

——穏便に……何とか切り抜けられないかな……？

早まったかもしれないと、僅かに後悔が頭を擡《もた》げる。しかし女性が窮地に陥っている場面を無視できるわけもない。もしもそんな情けない真似をしたら、アルエットは自分を許せなくなるのが目に見えていた。

――うん、悩んだって仕方ない。最悪、大通りに出て悲鳴を上げれば、人が集まってくるはずだもの。何とかなるわ……！

強引に己を鼓舞し、震える口角を宥《なだ》めすかす。するとその時、下を向いていた女性が顔を上げた。

――え……

深く高貴な青の瞳。整いすぎて人形のようですらある容貌。輝く金糸の髪は、夕暮れが迫る中でも煌《きら》めいている。

大きな瞳を縁取るのは同じ黄金の睫毛。上品な鼻筋と果実めいた唇は、絶妙な位置に配されていた。パーツのどれもが、一級の芸術品だ。それらが合わさると、より一層の完成美を誇る。

おそらく、何か一つでも大きさや配置が違えば、たちまち奇跡の美しさは崩れてしまうのかもしれない。だがそんな心配を弾き飛ばす勢いの美しさを、少女は放っていた。

――何て綺麗な……しかも可愛い……美人というよりも、ものすごく可愛い……え？　天使？

あっという間に語彙力を喪失したアルエットは、頭の中でひたすら『可愛い』を繰り返した。だが何万回称賛したところで、彼女の持つ愛らしさを称えきれない。

――私の理想がここにいる……！

まるで雷が落ちたかのような衝撃に貫かれた。まさに運命の相手に出会った気分だ。アルエットがずっと願っていた『なりたい自分』が目の前に顕現したも同然である。

同時に奇妙な既視感めいたものが胸に去来した。

――あれ……？　私、どこかで彼女に会ったことがあるような……？

だがこれほどの美少女、一度お目にかかれば忘れられるとは思えなかった。故に勘違いだと即座に否定する。そもそも庶民代表の自分が、明らかに上流階級の令嬢と顔見知りであるはずもない。

――うん、気のせいだ。そんなことより、こんな綺麗で可愛い子、今後一生かかっても出会う機会なんてない。だったらもっとじっくり見つめておかないと……！　ああ、こんな切羽詰まった事態でさえなければ……！

アルエットがつい興奮気味にじぃっと少女を見つめていると、彼女は微《かす》かに目を眇《すが》めた。

助けを乞うのでも、怯《おび》えを滲ませるのでもなく。それはまるで、アルエットを値踏みするかの如く。そして何故か――彼女は薄く微笑《ほほえ》んだ。

「え……？」

この危機的状況で笑みを浮かべられる人がどれだけいるのか。しかも引き攣ったものではなく、余裕の交じったものを。

「えっと……あの、すぐそこが知り合いの家ですから——」

「姉ちゃん、余計なことには首を突っ込まないことだ。この女は俺たちの仲間だから、放っておいてくれ」

「遠慮しないでください。ここから大通りまで具合が悪い人を抱えていくのは大変ですよ！　それに皆さんこの辺りの方ではないようですし……入り組んでいるから大通りまでの道が分からないのではありませんか？　私が案内しますよ」

アルエットに立ち去る意思がないのを察したのか、男らが『ちっ』と下卑た舌打ちをした。

「……面倒だな」

「ちょっと脅せば逃げるだろう」

「下手《へた》に騒ぎ立てられたら計画が破綻する。——仕方ない。一緒に連れていくか……後で適当に処理すれば構わん」

およそ穏便とは言い難い会話が交わされ、アルエットはいよいよ確信した。

犯罪の臭いがプンプンする。王都で暮らす身として、他人事ではない。見過ごせば、他にも被害に遭う女性が出てこないとも限らないではないか。

昨夜怯えながら店に来た少女を思い、アルエットは腹を括《くく》った。

「……本当に知り合いですか？　でしたらお名前をお聞きしても？」

「不用意に首を突っ込むと痛い目を見ると、教えてやらなきゃならんみたいだな」

三人の男のうちの一人が、ずいっとこちらに向かってきた。大柄な男が気色ばんだ表情で近づいてくると、本能的に足が竦みそうになる。

アルエットは震える足を叱咤《しった》して、首にかけていた『それ』を握り締めた。

「お前……っ」

アルエットの意図を悟ったのだろう。男が目を見開いて手を伸ばしてくる。女の太腿《ふともも》ほどもありそうな太い腕を掻《か》い潜《くぐ》り、アルエットは手にしていた笛を思いきり吹いた。

「くそっ、この女……！」

ピィイイッと甲高い音が鳴り響く。建物の壁に囲まれていた空間に、その音は思いの外大きく反響した。

「早くその笛を奪え！　黙らせろ！」

他の二人の男もアルエットに突進してくる。さながら熊の集団に襲われている心地になり、肝が冷えた。それでも蹲った女性から男を引き剥がせたなら、御の字だ。

「逃げて！」

叫ぶなり、アルエットは自分も身を翻して駆け出した。明るい大通りを目指し全力で。しかし、少女の無事を確認するため一度振り返り、愕然《がくぜん》とした。

「えぇっ!?」

目を疑う光景がそこにはあった。

てっきり自分とは逆方向にでも走っていくだろうと思っていた少女が、アルエットを追う男たちの後からついてきている。走る姿には無駄がない。

それどころか、一番後ろにいた男の後頭部に日傘を振り下ろしたからだ。

「ちょ……っ」

およそ令嬢らしくない。というか、一切の迷いなく他人の脳天をかち割る勢いで一撃を食らわせるとは、只者とは思えなかった。しかも愛らしい表情を崩すことなく、だ。

「ぐは……っ」

見事、一人の男が撃沈した。

いかにも非力そうな少女の殴打により、筋骨隆々の男が昏倒《こんとう》する。他の二人は背後の異変に気がつかないのか、それともアルエットを捕まえることに躍起になっているせいか、見向きもしない。

その隙に逃げ果《おお》せればよかったのだが、驚いたせいでアルエットの足が縺《もつ》れた。

あまつさえ動揺のあまり判断を誤り、曲がった先は行き止まり。血の気が引いたのは、言うまでもない。

「もう逃げられねぇぞ」

「酷《ひど》い目に遭いたくなかったら、その笛は今すぐ捨てな」

狭い路地に追い詰められ、アルエットは命綱である笛を握り締めた。

男らの言う通りにしたところで、命の保証はあるまい。だったら、笛は手放すべきではない。

だがじりじりと彼らがにじり寄ってきて、アルエットの全身が戦慄《わなな》いた。

――まずい……っ、絶体絶命じゃない？　いっそ捨て身でもう一度笛を吹く……？

しかし男たちを刺激するのも得策とは思えない。迷っている間に、彼らとアルエットの距離は詰められていった。

退路は完全に塞がれている。腕を掴《つか》まれ、万事休すと思った瞬間。

「きゃぁああっ」

女性にしては低音の悲鳴が一本隣の路地から上がった。

けれど夕闇の空に響き渡るほどの声量ではない。どこか控えめな――演技めいた叫びだった。

「ふん、あっちも捕まえたようだな」

――そんな……あの子、逃げられなかったの……っ？

せめて彼女が無事であれば助けを呼んでくれるのではないかと希望を抱いていたが、あえなく絶たれたようだ。

アルエットの手から強引に笛が奪い取られる。首から下げていた紐《ひも》を引き千切られ、路上に放り捨てられた。

「ったく、手間かけさせやがって……おい、行くぞ」

「は、放して……っ」

容赦のない力で両腕を引かれ、せっかく逃げてきた道を引き戻される。いくらアルエットが全身で踏ん張ろうとしても、大の男二人に敵《かな》うわけがなかった。

——どうしよう……このままじゃ……っ
半ば引き摺られながら、焦燥に駆られる。視線だけは忙《せわ》しく動かして、懸命に逃げ道を探った。

——せめて敵が一人だったら、隙をついてどうにかできたかもしれないのに……！

いくら自分が並みの女性より強く逞しくても、流石に成人男性二人を相手には立ち回れない。ならばひとまずは大人しく従う振りをして、逃げる機会を探った方が得策なのでは……と思考を巡らせていると、前を歩いていた男たちがピタリと立ち止まった。

「おい、こりゃ……どういうことだ？」

「ひぇ……っ？」

無意識に、アルエットの口からも間の抜けた声が出た。

何故ならそこには、倒れた男に覆《おお》い被《かぶ》さられ、尻もちをついてもがいている少女がいたからだ。

——え？　上に乗っかっているの、さっき彼女が殴り倒した男だよね……？　何であの子が下敷きになっているの……？

背後から殴られ、うつ伏せに倒れ込む男を目撃した。だとしたら、少女が押し倒されるような状況にはなり得ないはずだ。

それなのにどう見ても、男が意識を失ったまま少女を押さえ込んでいるようにしか思えない。当然男たちもそう考えたらしく、やれやれと言いたげに肩を竦めた。

「こいつめ、捕まえたと油断して反撃されたな？」

「む、夢中で傘を振り回したら、この方の頭に当たってしまって……！」

恐怖によるためなのか、少女の声は低く掠《かす》れていた。美しい顔が怯えで歪《ゆが》んでいる。

しかし先ほど彼女の勇ましい一撃を目撃した身としては、アルエットは混乱を隠せなかった。

——ほんの少し前、薄ら笑いさえ浮かべながら男を殴り飛ばした人と同一人物とは思えないんですけど……っ？

美少女が微かに震える様は、『大丈夫だよ』と抱きしめてやりたくなるくらいの痛ましさがある。何なら、優しく涙を拭ってやりたい。彼女の双眸《そうぼう》からは、一滴も水分が溢《あふ》れてはいないのだが。

——さっきのは、私の見間違い……？

考えてみれば、か弱そうな女性が躊躇《ちゅうちょ》なく失神させる強さで男性を殴れるとは思えなかった。いや、先ほどの腕の振りかぶり方はそんな生易しいものではない。何なら『殺《や》る気』だったと宣言されても納得する。

だからこそ、自分は幻でも見たのだとアルエットは強引に己へ言い聞かせた。

――異常事態に巻き込まれて、私は混乱しているんだわ……。

「騒ぐんじゃねぇぞ。抵抗したら、殺しちまうからな」

動揺のせいで、背筋が震える男の脅し文句も、実のところほとんど耳に入らなかった。そんなことより、どこからどこまでが現実なのかが分からず呆然《ぼうぜん》としている。

突き飛ばされたアルエットは、地べたに座り込んでいる少女の横に倒れ込んだ。

「きゃ……っ」

「大丈夫ですか」

見た目と違い低音の少女の声が、アルエットの耳を擽《くすぐ》った。滑らかな声音がどこか心地い
い。そんな場合ではないのに、うっとりと聞き入りたくなる。

けれど気を抜いている暇はないと思い直し、アルエットは彼女の瞳を正面から見つめ返した。

「私は平気です。貴女《あなた》こそ怪我はありませんか？」

少女にのしかかったまま意識をなくしていた男は引き剝がされ、路上に転がされている。

ざっと確認したところ、彼女はどこにも傷を負ってはいないようだ。そのことに安堵《あんど》して、アルエットは息をついた。

「……こんな時に、人の心配をできるのですか？」

「当たり前じゃないですか。こんなに綺麗なお嬢さんに怪我をさせたくありません。だったら私が肩代わりした方がずっとマシだわ。——まぁ、役には立てなかったですが……」

無様にも、二人揃って追い詰められてしまった。

自分たちを見下ろしてくる男たちを精一杯睨みつけても、絶望的な現状は変わらない。どう考えても窮地だ。

アルエットは内心の怯えを押し隠し、拳を握り締めた。

「お人よし、ですね」

「……不本意ながら、よく言われます」

「お前たち、何をぶつぶつ話している。逃げようとしているなら、諦めるんだな」

「痛……っ」

乱暴な手つきで後ろ手に縛られては、これ以上足掻くことも難しい。心臓が恐怖で激しく脈打っている。家族のことを思い浮かべたアルエットは、込み上げてくる涙を意地で引っ込めた。

——泣いて堪《たま》るもんですか。まだ私は諦めたわけじゃないもの……！

自分に万が一のことがあれば、両親や弟たちは悲しむだろう。生活も立ちゆかなくなる。そんな目に遭わせるわけには絶対にいかない。

「おい、ところでこの間抜けはどうする？　当分目を覚ましそうもないぞ」

「放っておけ。起きりゃあ、勝手に戻ってくるだろう。それまでは人目につかない場所に転がしておけばいい。こっちは想定外の女が一人増えて、そいつまで運んでやる余力はないぞ」

昏倒している男を蹴った男がぼやけば、もう一人が吐き捨てた。

アルエットも連れ去ると決めたせいで、気絶している仲間のことまで手が回らないらしい。

──敵はあと二人……私がめちゃくちゃに暴れれば、彼女一人は逃がせるかもしれない。

そうすれば逆転の機会があるはずよ。

男たちが今後について話し合っているおかげで、まだ少女の手は縛られてはいなかった。

──あっちの男に思いっきり突進し体勢を崩して、あわよくば上にのしかかってしまえば……いけるんじゃない？

アルエットが男の一人に体当たりする算段を練っていると、少女がごく小さな声でそっとこちらの耳に囁《ささや》いてきた。

「早まらないでください。大丈夫、今は大人しく従いましょう」

「……へ？」

数秒前まで声を震わせていた人間らしくない、落ち着いた物言いだ。どうにも違和感を抱き、アルエットは彼女を見返した。

「……貴女のおかげで、一人減らすことができました。流石に三人相手にするのは厄介だなと思っていたので、感謝しています」

「何……を――」

しかし少女とアルエットが会話できたのは、そこまで。

問答無用で猿轡《さるぐつわ》を噛《か》まされた上、頭から大きな麻袋を被せられて、アルエットの視界は完全に閉ざされた。それだけではなく、どうやら荷物よろしく男の肩に担がれたらしい。

「ぐふ……っ」

くの字の体勢で腹が圧迫され、非常に苦しい。物音から、少女も同じ目に遭っているのだと察せられた。

「うおっ、意外に重いな……ドレスのせいか？」

――この誘拐犯！　あの子の綺麗な顔や手首に掠り傷でもついたらどうするのよっ！

カッと瞬間的に頭へ血が上ったものの、それはおそらく現実逃避でもあるのだろう。これから自分たちがどうなるのか、どこへ連れ去られるのか分からなくて、不安で仕方ない。ひょっとしたら男の言う通り殺されかねないと恐れてもいる。

それでも卑怯者相手に情けなく命乞いをしたり、泣き叫んだりはしたくなかった。

全身を耳にして周囲の様子を探る。歩き出した男たちに運ばれ、いくつかの角を曲がり、しばらくして階段を下りてゆくのが感じられた。いつの間にか建物の中へ入ったらしい。それとも地下道へ降りたのか。

移動を始め二十分ほど経《た》った頃、アルエットはどこかへ転がされた。それはもう、雑に。強《したた》かに身体を打ちつけ、かなり痛い。

けれど扉を閉めて鍵をかける音に続き、男らの足音が遠ざかっていったことで、どこかに閉じ込められたことを悟った。

――近くに人の気配はない……だったら、逃げるなら今じゃない？

静寂の中、アルエットが芋虫のように身を捩《よじ》っていると、袋の上部がいきなり開かれた。

「巻き込んで、ごめんなさい。すぐに口と手も解《ほど》きますね」

麗しい微笑みを湛《たた》えながら、目も眩《くら》む美少女が手にした小型ナイフをちらつかせた。どうやらどこかに隠し持っていたようだ。

およそ令嬢が持っているとは思えない品に、アルエットは目を瞬《しばたた》かせた。男たちも彼女がそんな凶器を所持しているとは想像もしなかったに違いない。だからこそ、ろくに調べられなかったのは幸いだった。

猿轡を外してもらい、両手が自由になったことで、アルエットはホッと息をついた。

「ず、随分準備がいいんですね……」

「まぁ、こういうこともあるかと思って。護身用ですよ。脚に括りつけておいて正解でした」

──最近の令嬢の身嗜《みだしな》みって、厳重なのね……

上流階級の暮らしは、アルエットが思うよりも殺伐としているのかもしれない。お金持ちも大変なのだなと、内心慄《おのの》いた。

「それより、私のせいで厄介事に巻き込んでごめんなさいね」

「あ、いいえ。どちらかと言えば勝手に首を突っ込んだだけですから……」

頭を下げる少女に対し、アルエットは自由になった両手を振った。別に、彼女のせいだとは思っていない。むしろ何もできなかったことが悔やまれる。事態を悪化させていなければいいと願いつつ、改めて少女を見つめた。

──うわぁ……本当に何て可愛いの……

二人が閉じ込められた部屋は窓がなく、薄暗い。おそらく地下なのだろう。埃《ほこり》っぽさと黴《かび》臭さが充満し、決して快適な空間とは言えなかった。じめっとした空気も気持ちが悪い。光量の乏しいランプが一つ、部屋の隅に置かれているだけだ。他には家具らしきものは何もなかった。

それでも彼女の芸術品めいた美しさは少しも損なわれていない。揺れる焔《ほのお》によって黄金の睫毛が作る陰影が、より一層神秘的な雰囲気を醸し出していた。

──でもやっぱり、どこかで見たような……？

そう最近ではない。今よりもっと線が細かった気もするけれど──

そこまで考えて、アルエットは「あ」と声を漏らした。

三年ほど前、とある店の前で見かけた少女だ。ただあの時は、もっと幼かった。

とても整った顔立ちは変わらないものの、印象はかなり違っている。当時より、格段に大人びたせいかもしれない。

可愛さに変化はないが、艶めいた美しさも加わっている。座っているのではっきりとは分からないけれど、身長も伸びたのだろう。スラリとした手足から、成熟が感じられた。

それ故、すぐには過去の姿と重ならなかったのだ。

「──私の顔に、何かついていますか？」

「はっ、ぇ、や、いいえ！　あんまり綺麗だからついじっと見てしまって、ごめんなさい！」

困惑気味な少女に問われ、アルエットは彼女を凝視しすぎていたことに気がついた。

他人の顔を無遠慮に見つめるなんて、失礼だ。それに今はのんびり呆けている暇もない。

慌てて気を引き締めると、空気を変えるためにアルエットは一度深呼吸した。

「あ、あの、私はアルエット・ファイナといいます。先ほどの男たちは貴女の知り合いですか？」

誘拐犯らは、初めから彼女を狙っていたように見えた。ならば顔見知りの可能性もあるかと思ったのだ。

「……いいえ。初めて見た顔です。ですが、こうなった原因は薄々分かっています」

「それは……攫《さら》われる理由があるということでしょうか？」

少女の身なりから、裕福な家の出であることは一目瞭然。だとしたら、身代金目的かもしれない。

――もしそうなら、この子が今すぐ危害を加えられることはない？　私は危ないけど……

安堵と不安が一気に押し寄せ、アルエットはどんな表情を取り繕えばいいのか迷った。だがこのまま簡単にやられるつもりもない。

どこか逃げ道はないかと、閉じ込められている部屋の中を見回して、外の気配にも耳を澄ませた。

「……アルエット、ご自分は名乗ってくれたのに、私の名前は聞かないのですか？」

「それは……私が問うのも失礼かと……」

この国には厳然とした身分制度がある。平民が貴族に口をきくのは、場合によっては不敬に当たるし、名前を問い質《ただ》すのは尚更だ。

彼女がもしも貴族であれば大変だと思い、アルエットはあえて少女の名を聞かなかったのだが――

「私はリュミエール・ルブロン。恩人の方に名乗らない非礼を働くつもりはありません」

愛らしく小首を傾《かし》げた拍子に、彼女の髪がサラリと肩を滑り落ちた。

形のいい唇が優美な弧を描いている。僅かに細められた瞳は、理想的な大きさと魅惑的な輝きで見る者を惹きつけた。

同性同士であるのに、どうしてかアルエットの胸が脈打つ。頰に熱が集まるのも感じ、つい呼吸が乱れた。

──常軌を逸した美しさは、性別問わず人を惑わせるなんて、初めて知ったわ……！　いやでも、今はそれよりも──

「ルブロンって……まさか伯爵家の……っ？」

「あら、ご存じでしたか」

「し、知らないはずないじゃありませんかっ」

この国で、その家門の名を知らない者などきっといやしない。

王家に次ぐ歴史、莫大な富と衰えることのない権力。国王ですら、無視はできないと言われているほどだ。

「そ、そんな高位貴族の方とは露知らず……っ」

「私なんて、たまたまあの家に生まれただけで、一族の末席に過《とら》ぎません。そんなにかしこまる必要はありませんよ。まして貴女は私のせいで囚われてしまったのだし」

アルエットの知る貴族とは思えない砕けた口調で、リュミエールは微笑んだ。

華やかな笑顔は、今の状況を危うく忘れるくらいにアルエットを魅了する。おそらく彼女の様子がとても落ち着き払っていることも、理由の一つだろう。

誘拐された被害者とは到底思えない余裕を、リュミエールは漂わせていた。

「気軽にリュミエールと呼んでください。私、アルエットをとても気に入りました」

「そ、そんな畏れ多い……っ」

見た感じ、彼女の方がアルエットよりも年下だと思われた。だが己の片手をリュミエールの両手に包まれ、アルエットは『ん？』と首を傾げる。

――あれ……思ったよりも、手が大きいのね……それに意外にしっかりした節がある。爪は手入れが行き届いていて、つやつやしているけど……

身長が高い分、アルエットは手も大きい。指も長い。しかしそれを易々と上回るほど、彼女の掌《てのひら》は大きかった。

すべすべの肌のわりに、骨ばって感じるのは気のせいだろうか。

アルエットが握られたままの自身の手を見つめていると、リュミエールが双眸を細めた。

「……どうされました？」

「あ、いいえ、何でも……そ、それよりどうにかしてここから逃げる方法を考えないといけませんね。移動した時間から考えて、王都の中心部からさほど離れてはいないはずです。階段を下りる前に覚えのある花の匂いがしました。私の勘違いでなければ、この辺であの花をつけるのは、路地の行き止まりにある廃屋に残された木だけです。きっと私たちが監禁されているのは、その近くだと思います」

「先ほども感じましたが、貴女は冷静な上に賢いですね」

「え、あ、ありがとうございます」

美少女に褒められて、悪い気はしない。いや、かなり気分がいい。

思わず口元が緩みそうになり、アルエットは強引に引き締めた。

——ニヤニヤしている場合じゃないわ……！

「危機に陥っても嘆くのではなく、解決策を探っている……精神的にも逞しい。私、ベソベソと泣くばかりの方が苦手なので、アルエットのこともっと好きになりましたわ」

「ひぇ……も、も、勿体ないお言葉です……！　お嬢様のような高貴な方にそんなふうに言っていただいて——」

アルエットの理想の外見を持つ少女に褒めそやされ、舞い上がるなと言う方が無理だ。夢見心地になったところで、いったい誰に責められよう。頰が上気するのも止められない。

火照る肌に彼女が指を添わせてくれれば、一層アルエットの体温が急上昇していった。

——こ、こんな至近距離で極上の美少女に見つめられたら、私……禁断の扉を開いてしまいそう……！

舞い散る百合《ゆり》の花は幻覚でしかない。だが、確かに甘い花の香が立ちこめていた。

「堅苦しいですね。私は受けた恩は忘れません。アルエットには助けられました。ですから貴女と親しくなりたいと思っています。どうか私のことはリュミエールと呼んでください」

搦《から》め捕《と》られた視線を逸《そ》らすことは難しい。瞬きも躊躇われる。

結果、吐息が混じりそうな距離で二人は見つめ合った。そのまま数秒。

動けず硬直していたアルエットは顔どころか全身真っ赤に熟れていただろう。呼吸をすっかり忘れていたらしく、息苦しさで我に返った。

「ぶは……っ、く、苦し……っ」

「え？　ここへ運ばれる際に、どこか痛めましたか？」

「いいえ、違います！　お気になさらず！」

まさか貴女に見惚《みと》れ呼吸していませんでしたなんて、変態めいていて言えやしない。

アルエットは密かに深く息を吸い、呼吸を整えた。

「だ、大丈夫です。問題ありません。それより、攫われた心当たりがあるご様子でしたけど……犯人の目星がついているということでしょうか？」

「容疑者は何人かいますね。特定するためにあえて今回は捕まってみたんです」

「え」

自分の狼狽《ろうばい》をごまかす意図もあってした質問ではあったが、あまりにも想像の斜め上の返事をされ、アルエットは目を見開いた。口もポカンと開きっ放しである。

もしもこちらの解釈違いでないのなら、リュミエールは自身の意思で囚われたことになる。逃げられたにもかかわらず、あえて誘拐されるのを選んだのか。

どこの世界にそんな酔狂な人間がいる。

たとえ犯人に心当たりがあっても、身の安全が保証されているわけではないのだ。これは遊びではなく、れっきとした犯罪行為なのだから。

「何故そんな危ない真似を……！」

「ある程度危険を冒さなければ、欲しい情報も証拠も手に入らないので。それに絶対に大丈夫だと確信がありましたし。けれど三人相手にするよりは、一人敵が減って格段に楽になりました。アルエットのおかげですね」

「さっきもそんなことをおっしゃっていましたが……無謀すぎやしませんかっ？」

麻袋を被せられ拉致される直前、彼女が口にしていた内容を思い出し、アルエットは頬を引き攣らせた。

「それはお互い様じゃありません？　アルエットも相当、向こう見ずだと思います」

「う」

そう言われてしまうと、反論の余地はない。自分でもやらかしたなぁと自覚はあった。

言ってしまえば巻き添えで誘拐されたのだ。こんな事態、そうそう予測できないし、大抵の人間はしない経験に違いなかった。

「で、でも……だったらここから脱出できる当てがあるんですか？」

「ええ。貴女を巻き込んでしまったのは申し訳なく思いますが、無事は保証します。私が必ず守りますよ」

見目麗しい美少女がこちらに流し目を寄越し、不覚にもときめいた。

おかしい。自分にそういう指向はない。恋愛対象はあくまでも異性のはず。それなのにアルエットの心臓は不整脈のように暴れ出した。

――この方、可憐なだけじゃなく妙に色気があって同性なのにドキドキさせられる……！

「か、可愛い女子に守ってもらうつもりはありません。むしろ私がリュミエール様をお守りします！」

任せておけとアルエットが深く頷《うなず》けば、彼女は大きな瞳を更に見開いた。

パチパチと瞬けば、風がそよがないのが不思議なくらい豊かな睫毛が上下する。驚いた様子も愛らしい。

またもやぽやっと見惚れそうになったアルエットだが、直後にリュミエールが艶やかに笑みを深め、綻《ほころ》んだ口元に視線が釘づけになった。

濡れたように光る唇は、蠱惑《こわく》的だ。赤い舌がちらりと覗き、白く輝く歯と相まって余計に色香が滴る。不意に香った大人びた匂いに、アルエットは眩暈《めまい》を覚えた。

「ふふ……面白いことを言いますね。とても──興味深い発言です。ですが妙齢の女性を危険に晒《さら》すわけにはまいりません」

「で、でしたら尚更、私がリュミエール様を守らないと！　私、これでも結構腕が立ちますから、任せてください」

見るからにか弱い少女に、自分のような頑健な女を守らせるなんて言語道断だ。身分的なこと以上に、『それは無理だろ』と思ってしまった。

間違いなく、アルエットの方が強い。単純に腕力だけをとっても、格闘するなら己の役割に決まっている。

誰かの背後で守られるお姫様の役は、アルエットには似合わないのだから──

「あら、私も意外に戦力になりますよ？」

「いやぁ……華奢ですもの。無茶はしないでください。お気持ちだけいただいておきますね」

「まぁ……見くびられたものですね」

この場にそぐわない楽しげな様子で、リュミエールが片眉を上げる。非常に不満そうだが、アルエットの意見は変わらない。やはりいざとなれば、自分が彼女を守る以外の選択肢は想像すら難しかった。

「私、とても力持ちなんです。リュミエール様なら余裕で抱き上げられるくらい……」

言いながら実践するつもりで彼女を横抱きにしようと腕を伸ばす。自分は、あの無礼な誘拐犯らとは違う。美少女を荷物同然に運んだりはしない。ここは是非、お姫様抱っこでと試みたのだが。

「……っ!?」

想定をはるかに超える重さに、リュミエールの背中と膝裏に回したアルエットの腕が上がらない。ほっそりとした華奢な身体つきに見えて、彼女は意外にも筋肉質な引き締まった肉体の持ち主であることも、触れてみて初めて分かった。

何と言うか、柔らかさは乏しく、ひたすらに密度が濃い。まるで鍛え上げ、無駄なものを一切排除したかのような――

「……っ!?」

正直に言えば、度肝を抜かれた。

こんなに驚いたのは、アルエットの人生において初めてだ。

おそらく今後もここまで愕然とすることはないのではないか。小麦粉の大袋だって余裕で持ち上げられると自負していた分、すぐには状況が呑み込めなかった。

――まさかこの私が女性一人抱き上げられないなんて……いや、というかリュミエール様って硬すぎない？　それに……思っていたよりも大きい……？

「無理はしないでください。私は意外に長身なんです」

アルエットの腕からやんわり逃れ、リュミエールが立ち上がる。その瞬間、アルエットはあんぐりと口を開いた。

「で……でか……っ？」

愛らしい美少女は小柄なものだと思い込んでいた。しかし思い返してみれば、彼女がまともに立った姿を見ていない。三年前、たまたま遠目に見かけたのが最後だ。

あれから三年。リュミエールはめきめきと成長し身長が伸びたらしい。

だがしかし、女の子が大人の女性になるのを遥かに超えた『伸びしろ』を見せつけられ、アルエットは顎が外れんばかりに間抜けた面を晒していた。

――いや、でかすぎない……っ？

自分だって、女性にしてはかなりの高身長だ。下手をしたら、小柄な男性を見下ろしてしまう。

アルエットよりも背が高い女性に出会ったのは、人生で数える程度。それだって誤差の範囲内でしかなかった。それなのに過去最高記録を更新された。

こちらがまだ床に座っているせいもあるとは思うが、見下ろされる威圧感が尋常ではない。見上げた首が痛いなんて、いつ以来の感覚なのか。

驚愕で固まっていたアルエットは、悪戯《いたずら》が成功したと言わんばかりの彼女の笑顔で、ようやく現実に引き戻された。

「ふふ。ね？　私もそれなりに頼りになりそうでしょう？」

「ですが……」

「私を案じてくれるのは嬉しいですが、ひとまずお喋りは終わりにして、脱出方法を模索しましょう。窓がありませんし、ここが地下だとすれば扉から外に出るしかありませんね」

まるで準備運動をするかのように、リュミエールが手首を回した。その様子は散歩に出るかの如くのんびりしている。

悲嘆に暮れてもおかしくない状況下で、平然とした少女の態度はとても不可解だった。

「な、何だか余裕がありすぎませんか……っ？」

「あの男たちが、私たちを殺すことはないと思うので――そこまでの指示は受けていないはずです。わざわざこうして連れ去るくらいですもの」

「指示……？　では黒幕がいると……？」

「はい。ここに連れ込まれたことで、だいたい絞り込めました。実行犯は捨て駒だとしても、色々辿《たど》れば確証が得られるでしょう。やはりたまには敵の懐に飛び込んでみるのも、有効な手ですね」

晴れやかな笑顔で言われ、アルエットは唖然《あぜん》とした。

この令嬢は見かけによらず、中身が剛健すぎやしないか。鋼なんてものではない。金剛石よりも更に無敵の強さを誇っている気がした。

——貴族のお嬢様って、私が知らないだけで皆さんこんなに肝が据わってるの……？

下々の者からすると、衝撃なんだけど……！

もしかしたら、誘拐なんて良家の子女には日常茶飯事かもしれないと思いかけ、流石に首を横に振る。

上流階級がそんなに殺伐としているわけがない。おそらく彼女が特殊なのだ。たぶん。

「えっと、リュミエール様……扉には鍵がかかっていますよ。先ほど男たちが出て行く時に、施錠の音がしましたもの」

「よく冷静に聞き耳を立てていましたね。素晴らしい注意力だわ」

「そんなことを言っている場合ではないと思いますが」

「とんでもない。大事なことです。信頼できる相手を見つけるのは、至難の業です。出会いは大切にしないといけません」

何だかよく分からないが、そんなものだろうか。

アルエットは疑問符だらけの頭で、曖昧に頷いた。

「あの、扉を強引に破れば男たちに気づかれてしまいます。どうするつもりですか？」

「相手が二人なら、大した問題ではありません」

二人揃って扉に耳を当て、部屋の外の気配を探った。運ばれてきた際の振動や動きから考えて、すぐ向こうは上に続く階段だろう。

誰かがいるとすれば階上だ。たとえ静かに解錠できたとしても、上にあがれば犯人の男たちに見つかるのは必至だった。

——無傷で脱出とはいかなそう……多少の怪我は覚悟しなくちゃ。

「怖いですか？　先ほども言いましたが、私が必ずアルエットを無事に連れ出しますよ」

「あ、いいえ、そうではなくて……リュミエール様を無傷で外へ逃がす方法を考えていました」

アルエット自身のことは二の次でいい。

怪我をしても大した問題ではないからだ。彼女が言うように殺害目的の誘拐でなく、黒幕の指示に従わねばならないのであれば、いきなり命を奪われることはあるまい。

だったら、少しは無茶ができる。擦り傷切り傷程度なら舐《な》めておけば治るだろう。

そんなことより、一片の瑕疵《かし》もない美少女に傷を負わせる方が大問題だ。美しいものを損なうなんて、アルエットの矜持《きょうじ》が許さない。絶対に守り切らねばと改めて決意を固めていた。

「——やはりアルエットは変わっていますね」

「えっ……普通です」

心外である。思わずアルエットの眉間に皺が寄ったその時。

「……っ」

コツコツと階段を下りてくる靴音が扉の向こうから聞こえた。

誰かが、この部屋にやってこようとしている。正体など、考えるまでもない。

救助ではと、楽観視することはできなかった。近づいてくる何者かの鼻歌が聞こえ、その声は紛れもなく先ほどアルエットたちを攫った男のものだった。

「……こっちへ……！」

咄嗟《とっさ》に張りついていた扉の前から離れ、アルエットは背後にリュミエールを庇《かば》った。そしてドアノブを握る。

扉一枚隔てた向こう側でチャラチャラと鍵の音がし、無造作にノブが回った瞬間——アルエットは全力の体当たりを繰り出した。

「ぎゃっ」

男はまさか、麻袋を被せられて転がっているはずの女が飛び出してくるとは思わなかったのだろう。

完全に油断していたようで、ものの見事に壁と扉の間で挟まれている。後頭部を打ったのか、いささか焦点が合っていなかった。

「へぇ。室内に籠城するのかと思いきや、反撃するとは予想外です」

「ここに閉じ籠もっても、事態は好転しません！　それより、行きますよ！」

駄目押しにムギュッと扉で男を押すと、アルエットはリュミエールの手を取って階段を駆け上がった。

握った彼女の掌は、やはりかなり大きい。こちらの方が包まれている気分になる。

――階段で立ち回るのは、下にいる私たちの方が圧倒的に不利……戦うならせめて上まで行かなくちゃ……！

犯人が増えていなければ二対一で有利だ。性差はあれど、勝機も充分ある。

無我夢中で脚を酷使し、どうにか階上へ辿り着く。

一気に階段を駆け上がったせいで太腿がガクガク震えた。肺も爆発しそうだ。それでも足を止めるわけにはいかず、アルエットは休む間もなく出口を求めて走り出した。

ざっと見た限り、やはりここは例の廃屋だ。もう何年も捨て置かれていたし、まさか地下室があるとはアルエットも知らなかった。

しかも打ち捨てられていたにしては、妙に管理されている風情である。

乱雑で汚いのは勿論だが、路上生活者が勝手に住み着いている気配がないのだ。こういった場にありがちな、野生動物の住処《すみか》になっているふうでもない。

荒れてはいても、秩序がある。定期的に人が出入りし、何らかの目的で維持している――そういう印象をアルエットは抱いた。

――いや、今はそれよりも、リュミエール様を無事逃がさなきゃ……！

よそ見している場合ではないと思い直し、アルエットは過った疑問をひとまず投げ捨てた。

強引に彼女の手を引いて走らせてしまったものの、自分ですらこれほど苦しいのだ。普段運動しているとは思えない貴族令嬢では、もう限界かもしれない。

リュミエールを労わるべくアルエットが背後を振り返る。だがしかし真後ろにはまったく息を乱していない美少女がいた。

――えっ、すご……っていうか、私の方が追い抜かされそうなんですけど……っ？

ヒールで疾走しているとは信じられない速度で、彼女は安定した走りを見せてくる。あまつさえ、途中でアルエットの視線に気づいたのか、ニッコリと笑みを寄越す余裕もあった。

けれど。

「――煩《うるせ》ぇなぁ。何の騒ぎだぁ？　……って、おいっ、貴様ら何で……っ！」

その時、進行方向右側の扉が開かれ、もう一人の男が顔を出した。

――まずい……っ、捕まる……！

もはや止まることも方向転換も間に合わない。アルエットの唇が引き攣った刹那、ぐいっと後方に手を引かれた。

「んぎゃっ」

乙女らしからぬ声を発し、体勢を崩して尻もちをつく。反動でリュミエールが前へ躍り出た。

男との距離はあと数歩。男が刃物を構えたのが見て取れ、アルエットは声にならない悲鳴を上げた。

――あれじゃ、リュミエール様は避けられないっ！

正面から突っ込んでゆく彼女を前にして、アルエットは両手で自らの顔を覆った。とても悲劇の結末を見る勇気がない。

閉じた眼裏に、最悪の光景が明滅した。

守るつもりだったのに何もできず、無様に転んで逆に庇われてしまった。四肢が震え、感覚が鈍る。

初めて、純粋に恐怖を感じた。ただしそれは、自分が痛めつけられるからではなく、リュミエールが血を流すことへの慄然だった。

「がふ……っ」

ドタッと振動と共に響いた『人が倒れる音』でようやくアルエットは顔を上げた。

現実を拒否していても、どうしようもない。吐きそうなほど眩暈が酷いが、アルエットは懸命に瞼《まぶた》を押し上げた。

「……あ……」

立っていたのは、ドレスを纏った長身の美少女。その足元に崩れているのは、大柄な男性だった。犯人が手にしていたナイフは、蹴り飛ばされたのか遠くに転がっている。

いったい何が起こったのか。

目を閉じてしまったアルエットに事の成り行きは分からない。それでも、リュミエールが男を昏倒させたことは確かだった。

「ほら、私は頼りになりますでしょう？」

ドヤ顔で言い放つ彼女にコクコクと小刻みに頷く以外、アルエットに何ができただろう。

急に、少女の背中が逞しく見えてきた。首だけ振り返った彼女は涼しい顔をしていて、どこも怪我を負っている様子はない。息も乱れてはおらず、優雅な所作で髪を一房肩から払った。

「想定よりも簡単に犯人を撃退できました。アルエットのおかげです。後日改めてお礼をさせてくださいね」

「い、いいえ。私は何も——ぉおおおっ？」

礼を言われるほどのことはしていないと言いかけて、アルエットは珍妙な叫びを漏らした。

何故なら、身体ごとこちらを向いたリュミエールの胸辺りがざっくりと切られていたからだ。

それだけなら、傷の有無を案じるだけだったかもしれない。しかし幸い出血は見られなかったので、その点は安心できる。おそらく服のみがナイフで切り裂かれたに違いない。

問題は、その奥。ちらりと覗いた素肌にあった。

「……ぁ、ああ……ぁ？」

言語崩壊したアルエットの目の前に、ポテッと丸い物体が落ちてきた。しかも二つ。よく見れば柔らかそうな円錐型《えんすい》だ。

似ている形を思い浮かべると、女性の乳房が最も近い。

それが、彼女の裂かれた服の狭間からこぼれ落ちたのだ。

「あ、しまった」

緊張感の乏しい声音でリュミエールが呟《つぶや》く。先刻まで大きくはないものの優雅な稜線を描いていた胸部が絶壁になっていた。アルエットのささやかな乳房より、潔い平らさだ。

当然である。何せ膨らみを担っていたはずの物体は今、アルエットのすぐ傍《そば》に落ちているのだから。

「……っ？　⁇」

リュミエールの胸と謎の物体との間で忙しく視線を往復させ、アルエットはさぞかし間の抜けた顔をしていたことだろう。

自分でも、どんな表情をすればいいのか分からなかった。

もしこの場で正解を授けてくれる者がいるなら、跪いて教えを乞いたいくらいだ。

何故、美少女の胸が真っ平なのか。

ただでさえ低めだったリュミエールの声が、どうしてもっと低くなったのか。

詰め物と思しき二つの丸みを支えていたらしい包帯が、服もろとも裂かれてひらひらと揺れている。

隙間から覗く肌は、よく鍛えられているのか筋肉の凹凸が見て取れた。つまりは、誰がどう見ても逞しい雄ッパイである。

「お、お、お、男ぉ……っ!?」

「残念。バレたか」

誘拐現場に遭遇しても、脅されても怯《ひる》まなかったアルエットの精神は、ここにきて許容値を突破した。情報量が多過ぎて、処理しきれる範疇《はんちゅう》を超えている。

それでもギリギリ保っていた均衡が、とどめの一撃で崩壊した。

——理想の美少女が……男性……それもルブロン伯爵家の……

ニヤッと笑ったリュミエールの顔立ちがもう男性にしか見えないと思ったのを最後に、アルエットの意識は黒く塗り潰された。

2　メイドになりました

鏡に映るのは、お仕着せのメイド服を着た長身の女。

あまり長くない髪を強引にひっ詰めているせいか、目尻が引き上げられて、やや顔立ちがきつく見える。

自分では男顔が強調されているようで落ち込んだが、同僚たちは『格好いい』『似合っている』と言ってくれたので、思い悩むのはやめた。

それにフリルのついたエプロンと可愛いヘッドドレスは普段のアルエットなら身につけるのを躊躇う品だ。こんな機会でもなければ、一生手にすることもなかっただろう。

やや裾丈が短いのはご愛敬。見慣れてくれば、『悪くないかもしれない』と思わなくもなかった。

「……人生って、本当に何があるか分からないなぁ……」

アルエットは独《ひと》り言《ご》ち、深く長い息を吐いた。

いったいどうしてこうなった。

もはや数えきれないくらい繰り返した自問が、頭の中で今日も巡っている。

本当なら自分は今、いつも通り『便利屋ファイナ』で様々な相談に耳を傾け、依頼を受けているはずだ。それなのに何故、貴族のお屋敷でメイドの格好をしているのか、心底不可解である。

——やっぱり今からでもお断りしようか。私には荷が重い。

「アルエット、こんな所にいたの？　貴女はリュミエールお嬢様の身の回りのことだけしてればいいって言ったじゃないの。ほら、早速お嬢様がお呼びよ！　グズグズしないで！」

どうやって家へ逃げ帰ろうか考えていたアルエットは、同僚女性の声で我に返った。

振り返れば、腰に手を当てた同年代のメイドが、口を尖《とが》らせている。

「まったくもう、せっかくあの気難しいお嬢様に気に入られて採用されたんだから、しっかりしてよ。このお屋敷の給金に惹かれて働きたい人間はいくらでもいるけど、これまで何人ものメイドがご機嫌を損ねてクビになっているのよ？　リュミエールお嬢様自らが自分付きにしたいと希望されるなんて、ものすごく珍しいことなんだから！　感謝しないと！　……まったく、何でこんな女が……」

「は……はぁ……」

正直、言われるほどありがたくはない。だが高額の給金に惹かれて最終的に了承したのはアルエットの方だ。

半ば脅迫に近かったとしても——

怒涛《どとう》の誘拐騒ぎで限界を迎えたアルエットは、犯人たちの隠れ家になっていた廃屋で意識を失った。

その後目覚めた時には、既にこの屋敷に運ばれていたのである。

絢爛豪華《けんらんごうか》な室内に、極上の寝心地のベッド。惜しげもなく灯されたランプの光。

およそ平民であるアルエットが一生お目にかかることのない代物ばかりだ。覚醒した瞬間、硬直したのは言うまでもない。

一番初めに案じたのは、己の薄汚れた服のままでは、いかにも高級そうな寝具を汚してしまうのではないかということだった。根っからの小心者かつ心配性である。

とにかくそのせいで身動きが取れず、起き上がるのも躊躇っていると、おもむろにリュミエールが入室してきた。

その姿は、あんな大立ち回りを演じたとは到底信じられない美少女そのもの。

ちなみに裂けたドレスは着替えたらしく、自然な胸の膨らみも復活していた。髪も化粧も崩れたところは一つもない。つまり、どの角度から見ても完璧な深窓の令嬢である。

アルエット自身、数時間前に目撃したものは、全て幻覚だったのかと思ったほどだ。

しかし、そんなはずはない。この目でしかと見たのだ。

――胸の形をした詰め物と、逞しい胸筋をね……！

あれは貧乳どころの騒ぎではなかった。確実に、男性の身体だ。勿論、生まれてこのかたアルエットは弟たちのまだ薄い肢体しか目にしたことはないけれど、間違いない。

女であれば多少はあるだろうものが、皆無だったのだ。

そう考えれば、リュミエールの低めの声と大きな掌、それに力強さと筋肉質な高身長も納得がいく。むしろこれらの条件が揃っていて、別の結論は導き出せなかった。

とはいえ、美少女にしか見えない彼（彼女？）が優雅な動きでベッド脇に腰かけると、いい香りが広がり、アルエットはたちまち混乱してしまう。

じっくり間近で観察しても、男性だとは信じられない。

柔らかく美しい微笑の力も加わって何が真実なのかが曖昧になり、頬を引き攣らせることしかできなくなった。

『――その様子だと、都合よく全部忘れてはくれないみたいだね？　アルエット』

先刻までとは打って変わり砕けた口調には、明らかに愉悦が滲んでいた。

『な……っ』

『残念だよ。もしも記憶がすっぽ抜けていたら、何事もなく帰してあげられたのに』

欠片《かけら》も残念がっていない声音は、取り繕うのをやめたかのように低く滑らかだった。おそらくこれが、作っていないリュミエール本来の声なのだろう。

『お、男の方……だったんですね……っ？』

飛び跳ねる勢いで起き上がったアルエットは、咄嗟に彼から離れた。だが距離を測り損ねたらしく、危うくベッドから転げ落ちそうになる。

背中から落下せず済んだのは、リュミエールが腕を摑んで引き戻してくれたおかげだった。

『危ないな……反射神経がいいのも、考えものだね』

半ば彼に抱き寄せられた形になり、耳元で囁かれた美声にアルエットの全身が粟立《あわだ》った。吐息が肌を擽《くすぐ》り、不可思議な痺《しび》れを催す。

戸惑い揺らした視線がリュミエールの眼差しとかち合い、余計に全身が騒《ざわ》めいた。

大きな手は、アルエットの腕を易々と摑んでいる。こうして接近すれば、ドレスに隠されていても微妙な性差が感じられた。

それは輪郭の鋭さや、筋肉量、骨格の違いなのかもしれない。

けれど胸部を晒した彼の姿を目にしていなければ、アルエットは今もリュミエールを最高の美少女だと信じて疑わないに決まっていた。

『できれば秘密にしたかったんだけどね』

『わ、私、誰にも言いません。人の趣味はそれぞれですし、悪いことをしているわけではありませんもの……！』

男性が女性の格好をすることも、きっと珍しくない。アルエットが知らないだけで、そういった世界もあるのは、想像に難くなかった。

だから殊更忌避するつもりも嫌悪する気もない。まして言い触らすなんて下品な真似は考えもしなかった。

だがとりあえず、ヒシヒシと感じる圧力から逃げたくて仕方ない。

今考えるのは、いかに迅速かつ安全に家へ帰るかだけだった。そうしないと、そこはかとなく『身の危険』を感じるためだ。

『口約束は信用しないと決めている』

『でしたら、誓約書《つぐ》を書きます！』

一生口を噤めと命じられれば、その通りにする。何なら忘れる努力も全身全霊でするつもりだ。

しかしアルエットの必死な言葉にも、リュミエールは美しいのに空恐ろしい笑みを深めるばかりだった。

『私は疑り深いんだ。そうでなければ生き残ってこられなかったからね』

言外に『命に関わることだ』と匂わされ、アルエットは血の気が引いた。

——そうよね……ルブロン伯爵家のお坊ちゃんが女装趣味なのは、公にはしたくないことだよね……とんだ醜聞だもの。だけど私だって知りたくて知ったわけじゃない！

叶うことなら、一生触れたくなかった。本来であればすれ違うこともない間柄だったのに、何がどうしてこうなったのか心底迷子だ。

——お節介なのが災いしたの……っ？　いやでも、あの状況を無視するのは人として駄目でしょう！

か弱い女性（にしか見えなかった）が拐《かどわ》かされそうになっていたのだ。まともな人間であれば誰でも助けに入るなり人を呼ぶなりするだろう。だからこんな事態になったのは、アルエットが無駄にお人よしのせいとは言えないはずだ。――たぶん。

『でででではどうしたら……っ』

最悪、口封じされるのではと思い至り、アルエットはますます顔色をなくした。

貴族階級の人々は、平民を軽んじる。中には同じ人間だと思っていない者も多く、『消費する』もの同然に考える輩も少なくなかった。リュミエールがそういった思想を持っているなら、アルエットなど簡単にこの世から消し去られるに違いない。

痛痒《つうよう》を感じることなく、躊躇いもせず。命令一つで彼の秘密が守られるのだから――

『とりあえず、このまま帰すわけにはいかないな』

『ひ……っ』

愛しい家族の顔が脳裏をチラつく。次に思い出が走馬灯のように流れ、アルエットは全身を強張らせた。

――終わった。

人生がこんなに簡単に終了させられるとは、想像もしていなかったし、心の準備だってできちゃいない。

明日も明後日も、平凡な毎日が訪れるものだと思って生きてきた。けれどそんな自分が甘かったのだろう。危険はどこにだって転がっている。

美少女を助けたはずが誘拐に巻き込まれ、救ったはずの少女が実は男だった上に、その彼から命を狙われることもあるのだとアルエットは思い知った。

——え、ちょっと待って？　いやいや、いくら何でも理不尽すぎないっ？　そんな運命、抗うに決まっているじゃない！　受け入れて堪るかっ！

潔く諦めそうになっていたアルエットは、唐突に怒りを覚えた。

そう簡単に己の生を放棄するつもりはない。命は一つしかないのだ。よく分からない成り行きで奪われてなるものかと、恐怖に染まっていた双眸に反発心が煌めいた。

『——ふぅん。とことん君は興味深いね。こちらの予想に悉《ことごと》く反してくる。流石に泣かれるかなと思っていたけど、まさか睨み返されるとは想定外だ』

皮肉げな笑みを刷《は》いた唇は、それまでの麗しい微笑とはまるで違う。だがこちらこそがリユミエール本来の笑顔なのだとアルエットは感じた。

美少女然とした姿は、全て作り物。演じる役でしかないのだ。

『私が何故こんな格好をしているのか、知りたくない？』

『いえ、ちっとも知りたくありません。聞いたら、余計に泥沼としか思えませんもの』

『ふはっ、軽々しく首を突っ込まない慎重さもある。ますます気に入ったよ』

冥土の土産として秘密の暴露をするつもりなら、聞いてなるものかとアルエットは両手で耳を塞いだ。けれど彼の手でアッサリ引き剝がされる。

それどころかぐっと顔を近づけられ、息が乱れた。

『あいにくだが、泥沼に沈んでもらおうかな。――私と一緒に』

甘い香りが鼻腔を擽る。

アルエットの知る男性はいい香りとはほど遠い者ばかりだったので、頭と心が瞬間戸惑った。

思わず吸い込んだ空気が、体内から全身へ広がってゆく錯覚がする。

クラクラしたのは、何かに酩酊《めいてい》したから。それがこの雰囲気なのか、リュミエールの声なのか、把握しきれない現実のせいなのかは不明なまま。

ただどうしようもなく胸が高鳴ったのは事実だった。

『簡単に言えば、お家騒動でね。男だと露見すると命を狙われる可能性が高い。だからこうして女性の格好をしているというわけ。でもまあ似合っているだろう？』

――聞いていないのに、何で言っちゃうのっ？

貴族の裏事情なんて、知りたくなかった。アルエットは改めて耳を塞ごうとしたものの、がっちり手を握られ阻まれる。

彼の呼気が耳朶《じだ》に触れ、擽ったい。ゾクッとして身を強張らせれば、思わせ振りに耳孔へ息を吹き込まれた。

『ひゃ……っ』

『私の父はルブロン伯爵家の三男でね。よほどのことがない限り家督を継ぐこともない立場だった。しかも母は使用人。当然のように二人は結婚を認められず、何もかも捨てて駆け落ちしたんだよ』

『そっ、それ以上は話してくださらなくて結構です！』

『いや、聞いてほしいな。君にも無関係じゃなくなるから』

まったくもって無関係です！　という叫びは、アルエットの口から出なかった。至近距離で見つめ合うリュミエールの双眸があまりにも魅力的で、冷静な判断力を喪失したためだ。

本当なら、すぐさま彼を突き飛ばしてでも逃げなければならないのに、指一本己の意思で動かせない。視線は固定されたまま。

瞬きも忘れ、リュミエールの青い瞳に魅入られていた。

『何事もなければ、夫婦は逃避行の果てに息子をもうけ、貧しいながらも穏やかな生活を手に入れ幸せに暮らしました――でお終いだ。だけどそう簡単にいかないのが人生なのかもね。伯爵家の長男次男が相次いで亡くなり、私の父は後継者として連れ戻されることになったんだよ。もともと権力や財産に興味がなかったのに、己の意思は全部無視されてね』

愛に溢れた物語から一気にきな臭くなった話で、アルエットの背筋が冷える。この先を聞いてしまえば、いよいよ戻れなくなる予感がした。

否、実際にはとっくに泥沼に沈み始めているのかもしれない。自分が違うと信じたいだけで――

『莫大な財産は、それだけ人の心を狂わせる……長男次男の死には怪しい点が多々あったらしい。まぁ、珍しくもない話だ。どこの家門でも、多かれ少なかれあることだろうね。父は金のために人が争う醜さからも逃げたかったのだと思う』

『えぇ……それは家族内で、つまりその……あの……』

『自分より後継順位が上の者が消えれば、当主の座に就けるかもしれない――そういう意味だ。そのためには人殺しをもいとわない輩が、この世にはいる』

あえてアルエットがぼかした言葉を、リュミエールはアッサリ口にした。

理解が追いつかず、耳に届いてはいても、上手く咀嚼《そしゃく》できない。アルエットが知っている『家族』の形とは、あまりにもかけ離れていて。

――普通、家族って助け合い、支え合うものじゃないの……？

『だから両親は、いずれ私まで血みどろの争いに巻き込まれることを恐れたらしい。そこで、我が子を男児ではなく女児として育てたんだよ。危険に晒されるよりはマシだと考えてね。いずれは秘密が露見する前に家族三人で伯爵家から逃げ出すつもりだったのかもしれない。――残念ながら、間に合わなかったけどね』

『え……』

間に合わなかった、の言葉に込められた意味は途轍《とてつ》もなく重い。

アルエットの頭を過った可能性は悲劇でしかなかった。思いついてしまった答えを自ら口にすることはできず、視線を揺らす。

言うべき台詞《せりふ》が見当たらない。どんな言葉も薄っぺらく慰めにもならないだろう。

後継者の座を巡って一族内で勃発した醜い争い。親族らは、ルブロン伯爵家の嫡男次男が相次いで死没し、自らが当主になる期待を膨らませたはずだ。

血腥《ちなまぐさ》い企みに加担していなかった者でも、『ひょっとしたら自分にも可能性があるのではないか』と色気を出したことだろう。

そんな時に行方《ゆくえ》知れずになっていた三男がひょっこり戻ってきたら、どう思うだろうか。

邪魔者だと憎悪を向けられたことは、容易に想像できた。

『私の父と母は馬車の事故で亡くなった。後で聞いた話によると、車輪には細工がされていたらしい。ただもはや証拠は一つもない。直接の関係者は全員、行方知れずだ。今から八年も前の話だしね』

『酷い……』

安っぽい感想以外、アルエットが口にできることはなかった。それでも何もこぼさずにはいられない。

八年前なら、リュミエールはまだまだ子どもだったはずだ。そんな時に両親が揃って逝ってしまったら、どれほど悲しくて心細かったことか。考えるだけで、胸が潰れるほどの痛みに苛《さいな》まれた。

まして幼い子どもが残されたのは、誰も彼も信用ならない敵ばかりの針《はり》の筵《むしろ》。きっとアルエットの想像も及ばない辛《つら》い出来事もあったに決まっている。

考えるだけで切なくなり、アルエットは自分の手を押さえている彼の手を握り返した。

『……そういう事情があったのですね……ごめんなさい。ただの女装趣味なのかと思っていました……あ、たとえそれでも、何も悪くはありませんけど……』

『いや待って？　世間の女装趣味を否定するつもりはないが、私自身が好きでしていると思われるのは心外だな。まあ、この美しさでは致し方ないけどね』

自信満々に言い放ったリュミエールの不遜《ふそん》な態度に唖然としたが、悔しいけれど説得力はある。美しさとは、それだけで人を納得させてしまう魔物なのだ。

『あの、ですがこの国では女性でも爵位を継げますよね？　色々条件があって、男性の方が継承順位は高かったと思いますけど、直系が女性のみの場合は婿を取って継げるはずです』

『へぇ。君は博識だね。そんなこと、どこで覚えたんだ？』

『以前、仕事で下級貴族の非嫡出子の方から相談を受けたことがあって、その時に調べました』

もっともその際は、こんなにドロドロとした遺産争いの様相を呈していなかったが。

『君の言う通り、女性にも相続権はある』

『だったら、女の振りをする意味がないのではありませんか？』

『あるよ。君がさっき言った通り、近しい親族に男がいれば、そちらが優先される。亡くなった長男と次男には息子がいる。ただしどちらも婚外子。更に祖父の兄弟や甥《おい》っ子たちも健在なんだ』

『ああ……』

彼の言わんとしていることが呑み込め、アルエットは小さく呻《うめ》いた。

端的に言えば、リュミエールが女性であったなら、命の危険は格段に減るということだ。逆に男性であることが周囲に知れたら、両親と同じように命を狙われかねないのだろう。故に今でも父母の意思を汲み、女装を貫いているに違いない。

『なるほど……趣味ではなかったのですね』

『美しく装うのはやぶさかではないが、趣味ではない』

その点は強調したいらしく、彼はキッパリと断言した。しかし己の美貌に関しては、揺るぎない自信があるようだ。

――うーん、なまじ人並み外れて綺麗だから、反論の余地もない……

呆れつつも芸術品の如き尊顔には見惚れてしまう。染み一つない白い肌は、いったいどんな美容法を施しているのか、つい興味が頭を擡げてしまった。

『今回の事件は、家督争いが原因なんですか？』

『おそらく。だがあくまでも脅しの段階だ。言ってみれば警告だな。爵位を狙うなという脅迫だよ。これまでも何度も似たようなことはあった。どれも本気で殺害を企てていたわけじゃない。だがいい加減鬱陶しくてかなわないから、そろそろ一掃したくなってね』

『それで、敵を特定するためにわざと誘拐されたんですか……』

豪胆にもほどがある。

下手をしたら取り返しのつかない結果になっていたかもしれないのに、無謀すぎる。そうアルエットが考えていると、表情に出ていたのだろう。リュミエールがふっと口元を綻ばせた。

『心配してくれるのか？　君は本当にお人よしだね。でも流石に護衛くらいはつけている。あの時もしばらくしたら隠れ家に踏み込んでくる手はずだったんだよ。だからこそ、意識を失った君を連れて、迅速に撤収できたんだ。犯人の男たちも、路上で私が殴り倒した者を含め全員捕縛済みだしね』

『え』

だとしたら、アルエットがしたことはいったい何だったのだ。本当に勝手に首を突っ込んで引っ掻き回しただけではないか。

『私……飛んで火に入る……ですね……』

『とんでもない。大収穫だと思っている』

『収穫……？』

よく分からない言い回しには、首を傾げる他ない。そんなアルエットに対し、彼は艶やかに笑った。

『使える人材は貴重だ』

『何をおっしゃりたいのか不明ですけど、つまるところリュミエール様は後継者になるおつもりがないということでしょうか。だから未だに女性の格好を？』

『逆だよ』

軽く肩を竦めた彼の髪がサラリと揺れた。ランプの光を受けた金糸は、幻想的に煌めく。光の筋のような繊細な輝きに、アルエットの視線は釘づけになった。

『もっとも、最初は貴族社会に染まるつもりはなかった。父も母も、平凡な幸せを願っていたしね。だが、ルブロン伯爵家の面々に会い、気が変わった。祖父を含め、皆選民意識に凝り固まっている。父のことにしても自分たちの価値観にそぐわないからと放逐しておいて、いざとなったら強制的に連れ戻す……それでいて、母のことは死の瞬間まで認めようとしなかった』

それまでどこか飄々《ひょうひょう》としていたリュミエールの口調に、強い憎悪が宿った。

亡くなった両親の苦悩を思い出したのかもしれない。

青い瞳の奥に揺らいだのは、激しい怒りだった。

『私はルブロン伯爵家を継ぎ、内側から壊してやりたい。同格の後継者候補がいる場合、最終的に判断するのは現当主だ。つまり、私の祖父――ルブロン伯爵。体面を何よりも気にするあの男が私に爵位を譲った瞬間、実は女ではなく男だと公表したら面白いと思わないか？祖父が慌てる様を想像するだけで爽快な気分になる』

世間はおそらくリュミエールに女装趣味があると見做すだろう。さぞや面白おかしく騒ぎ立てるに決まっている。

貴族社会にとって醜聞は死に等しい。

どんな事情があったかなど斟酌《しんしゃく》せず、噂は独り歩きするはずだ。若きルブロン伯爵が倒錯的な趣味を持っていると吹聴されるのは目に見えていた。

『それだと、リュミエール様が泥を被ることになりませんか……っ？』

『構わない。人の噂なんていずれ下火になる。私が一時的に恥をかくくらいどうということはない。それよりルブロン伯爵家に一矢報いられるなら安いものだ。何せ有利なはずの男たちを押しのけて選ばれた女が、実は男でしたなんて滑稽の極みじゃないか。祖父の判断力は疑われ、評判も地に落ちる』

儚げだった輪郭が、その刹那鋭利な刃物めいた。

だがそれは瞬き一つの間のこと。

次の瞬間には、本心を読ませない優雅な微笑が彼の唇に張りついていた。

『……というわけで、今もこうして女性の振りを続けている』

『なるほど、です……』

アルエットは無意識に自分の胸へ手を当てた。

リュミエールの内面を垣間見た心地がし、動悸《どうき》が治まらない。ドッドッと鼓動が乱打している。その理由が分からないまま、アルエットはベッドから立ち上がるべく身じろいだ。

『ご事情は把握しました。そういうことでしたら私は絶対にリュミエール様の秘密を明かしませんので、ご安心ください。ええ、墓場まで持っていく所存です！　これでも仕事上、口は堅いので！』

言うなり素早く退散しようとしたのだが。

『まだ話は終わっていないよ？』

ガッと両肩を押さえられ、あえなく再度ベッドへ腰かける形になる。それも沈み込みそうなほど圧力をかけられ、少し痛かった。

『わ、私なんぞが耳にしていい話ではないと思いますが……！』

『君にこそ聞いてほしい。これから先のことを考えても、信頼できる者を傍に置きたいんだ。何せ、私が本当は男であるのを知っているのは、数人しかいないからね。僅かな護衛くらいだ。身の回りの世話をしてくれるメイドがちょうど欲しかったんだよ』

『……っ？』

美少女が繰り出す笑顔の圧がすごい。

気をしっかり持たないとプチリと押し潰されそうで、アルエットは滝の如き汗を流した。

『こ、こんな立派なお屋敷でしたら、メイドくらいいくらでもいるのでは……っ？』

『勿論、使用人の数だけなら足りている。だが信用できるか否かは別問題だ。どこに敵対者の息がかかった者が潜んでいるか分からないし、祖父さえも欺かなくてはならないからね』

『それが私とどう関係があるのでしょうか……っ』

『アルエットなら信頼できる。それに君にはもう私の正体を知られてしまったわけだし、傍に置いて監視しておかないと危険だ。いやぁ、本当に素晴らしい人財を拾った。自分の幸運に感謝したいよ』

——貴方《あなた》の正体はご自分で明かされたのだし、私は拾われてはいませんけどっ？

冗談ではないと叫びたいのに、言葉が上手く紡げなかった。

無様にも『あう、ぁう』と喃語《なんご》めいた声以外出てこない。混乱が極まりすぎて、すっかり思考がめちゃくちゃになっている。

アルエットが頭を左右に振るだけになっていると、リュミエールが悪役としか思えない笑みを滲ませた。

『これから、よろしく頼む』

『いぃや、おかしいです色々とっ。それに無理ですよ。私には仕事もありますし！　家に帰らなければ、家族も心配します！』

どうにか意識を掻き集め、更に激しく首を振った。勢いが激しすぎたらしく、少々眩暈がする。だがそんなことを気にしている余裕はなかった。

『ふむ。仕事とは？』

『い、依頼があれば何でも引き受ける便利屋です。荷物運びからつき添い、店番。家事や揉《も》め事解決まで……店を構えているので家賃を支払わなければなりませんし、既に引き受けた依頼を放り出すなんて無責任なことは許されません』

『了解した。だったら代わりの者を派遣しよう。五人くらい配置すれば大丈夫か？　全員それなりの訓練を受けた者ばかりだから、体力や格闘に関しては問題ないだろう』

『え』

アッサリと告げられ、アルエットはポカンと間の抜けた顔をしてしまった。

『い、いや、そういうことではなく……だいたい、私の店は女が依頼をこなすことで信頼を得ているのです。腕っぷしが優れた人がどれだけいても、男性では行き届かないこともあるんです！』

異性には打ち明けにくい相談事も多々ある。そういった層に訴求してきたからこそ、アルエットの仕事は成功したのだ。

それなのに突然店が男性だらけになっては、顧客が離れてしまう恐れもあった。

『では女性を行かせる。人当たりがいい者、家事が得意な者、腕に自信がある者、賢い者。各種取り揃えておけば問題あるまい。依頼の内容と結果は随時報告させよう。それから家族には、泊まり込みの仕事が入ったと伝えれば大丈夫だろう』

『勝手に決めないでください……！』

サクサクと仕切られて、このままでは強引に納得させられそうな気がする。グイグイと詰められて、気分は崖っぷちだ。

あと少し押されたら、言《い》い包《くる》められ奈落の底に突き落とされかねない心地がした。

『給金はたっぷり払う。君が不在の間こなした依頼に関する報酬も、当然アルエットのものだ』

『へっ』

懐柔されてなるものかと警戒心を漲《みなぎ》らせていたアルエットは、その言葉に虚《きょ》を衝《つ》かれた。

思わずピタリと動きも止まる。するとここぞとばかりにリュミエールが身を乗り出してきた。

『そうだな……一日、銀貨五枚でどうかな？　ひと月続けてくれたら、臨時報酬も上乗せする。ああ、秘密保持への礼金も出そう。万が一危険なことがあれば、その都度手当も払う』

『やります』

ものの見事に掌をひっくり返し、アルエットは大きく頷いた。

金は欲しい。今でこそ生活は安定しているけれど、この先を考えれば貯蓄が潤沢とは言い難いからだ。両親がいつ体調を崩すか分からないし、弟たちはまだ小さい。

病気や怪我、飢饉《ききん》に備え懐は温かい方がいいに決まっている。それに、金があれば弟らにちゃんとした教育だって受けさせてやれる。貯えがあって困ることは何もない。

だったら、アルエットが選ぶ道は一つだった。

『メイドでも何でもやります。勿論、リュミエール様の秘密は、拷問されても口を割りません！』

『いや、流石にそこまでの忠誠は求めていないよ。アルエットが誠実な人柄なのは、短い時間のつき合いでも充分伝わってきたしね』

自分の何を見て、そこまで信用してくれたのかは謎だが、褒められて悪い気はしない。

いつだって実直に生きてきたつもりの身としては、最高の賛辞に感じられたからだ。

『あ、ありがとうございます……』

『頬が赤くなっている。照れると君は急に可愛らしくなるんだな』

『か、かわ……っ？』

生まれてこのかた向けられたことのない言葉に、アルエットは目を剝いた。

自分へかけられた形容だとは、とても信じられない。己には到底似つかわしくない表現は、聞き間違いに決まっている。もしくは、大した意味が込められていないだけだ。

実際、彼は特に気負ったふうもなく、書面を一枚差し出してきた。リュミエールにとってはこの程度の褒め言葉、気軽に口にできる程度の重みなのかもしれない。

『早速だが、契約を結ぼう。私は口約束を当てにしない。やはりきちんとした書類を交わしてこそだ』

『は、はぁ……』

と言われても、学の乏しいアルエットには、難解な言葉が並んだ文章はチンプンカンプンだった。簡単な読み書きくらいはできても、難しい言い回しは理解するのに時間がかかってしまう。

ましてこれまでほとんどお目にかかったことがない堅苦しい表現には辟易《へきえき》である。

――甲や乙って何……？　○○の場合はって沢山あるけど、つまり何が言いたいの……？

『最後まで目を通した？』

『えっ、あの、まだ数行しか……私にはちょっと難しくて……申し訳ありませんが、要約していただけませんか？』

恥ずかしいけれど、ここは素直に申告した。見栄を張って知ったか振っても、仕方ない。

アルエットはリュミエールに馬鹿にされるのを覚悟しつつ、恐る恐る彼を窺った。だが予想に反してリュミエールは『ああ』と漏らし、共に書類を覗き込んでくる。

『どこまで理解できた？』

『えっと……この辺りまでは……』

『ああ、だったらこの先は、互いの権利と義務についてだ。たとえば君が上記の約束を破った場合、それがやむを得ない理由と見做されるのは――』

――教養がないって見下したりしないんだ……

思い返せば彼は、初対面の時には丁寧な言葉遣いを崩さなかった。貴族が平民にそんな態度を取る必要はないのに。

けれどリュミエールはアルエットに対し、横柄でも横暴でもなかった。一人の人間として、尊重してくれているのだと思う。

――すごく強引だけど、嫌な人ではないんだな……

むしろ信用できる人だと思う。アルエットは自然と『この人の役に立てるのは、光栄かも』と感じるようになった。

『学校に通ったり、教師についたりしたことはある？』

『ありません。昔住んでいた島では、そういった機会に恵まれなくて。王都に来てからは、食べるのに精一杯でした』

『そう。だったらこれから時間がある時に、必要なことは私が教えよう。知識はあって困るものではない。――ああ、勿論アルエットが嫌でなければ』

嘲笑うことも呆れることもなく、サラリと提案してくれたリュミエールに驚いた。同時に尊敬めいた感慨が満ちる。

——私みたいな平民にここまで気を配ってくれるなんて。こんな貴族がいるなんて、聞いたこともない……

こういうものの考え方をする人なら、貴族社会の常識に染まった一族の価値観は、さぞや受け入れ難いものだったのではないか。その果てに両親を奪われた彼の痛みを思うと、アルエットの胸に言い表せない痛みが走った。

——リュミエール様は、大きな秘密を抱えて孤独な戦いをしてきたんだな……微力でも私が支えてあげられたら……

金のためだけではなく、心が決まった。

この人の味方になりたい。アルエットにできることなど身の回りの世話程度しかないとしても、彼には取り繕うことなく本来の姿で過ごす時間も必要だろう。

女性を演じずに済む束《つか》の間《ま》の休息を守ってあげたいと、心から思った。

『——以上だ。質問はある？』

『あ、いいえ。とても分かりやすく説明してくださり、ありがとうございました』

『問題なければ、ここに君のサインをしてくれ』

ペンを渡されて、アルエットは指示された場所に署名した。書類をリュミエールに戻せば彼はじっくりと確認し、満足げに微笑んだ。

『ありがとう。これで私たちは運命共同体だ。よろしく、アルエット』

『こちらこそ……よろしくお願いいたします。リュミエール様』

こうして二人は晴れて主従契約を結んだのである。

そして現在。

——あぁ……早まった……私ったら感傷的になって絆《ほだ》されて、チョロすぎるんじゃない？

アルエットは後悔真っただ中にいた。

リュミエール専属のメイドとして雇用され、待っていたのは一部使用人たちから向けられる嫉妬の嵐だ。

ルブロン伯爵家のご令嬢に仕えたいと望む者は、少なくないらしい。だが当のご主人様が気難しく、取り入ろうと画策するとクビになるため、誰もが一定の距離を保つしかなかったのだと言う。

そんな中、ひょっこり現れた女に誉れ高き役目を掻っ攫われ、面白くないのだろう。

そもそもここで働くメイドで、かつ主人の傍に近づけるのは、全員それなりに裕福な家柄出身であったり、教育を受けていたりする。

何の知識も身分も後ろ盾もない正体不明のデカいだけの女というのも、苛立《いらだ》ちに拍車をかけているようだった。

「ちょっと、聞いているの？　背が高すぎて、私の声が届かないのかしら？」

結果、今アルエットに声をかけてきた同僚女性を筆頭に、裏ではネチネチとした嫌がらせを受ける羽目になっているのだ。

――私の背丈に言及して貶めようとすると、同じくらいの身長があるリュミエール様も自動的に馬鹿にしていることになるんだけど、この人の中ではどうやって整合性が取れているのかな……

「……すみません、ちゃんと聞こえています。お嬢様がお呼びなんですね？　すぐ行きます」

そもそもアルエットにこの部屋の掃除を命じ、リュミエールの傍から引き離したのは、意地悪を仕掛けてくる彼女の仲間だ。

理不尽だなぁと嫌気がさしたが、無駄な言い争いも面倒なので、アルエットは素直に頭を下げた。

どうせこれくらいの嫌がらせしか、彼女たちにはできないのだ。

気難しいお嬢様のお気に入りに手を出して、主人の機嫌を本気で損ねたくないのは自明の理。下手をすれば、自分のクビが飛ぶ。

直接暴力をふるわれでもしない限り、アルエットは大事にするつもりはなかった。

――まぁ、取っ組み合いになっても勝つ自信はあるしね。

地味な苛《いじ》めなら目を瞑《つむ》ってやろうと鷹揚《おうよう》に構え、アルエットは彼女の頭上にふと視線をやった。それは無意識。おそらく、僅かな埃が落ちてきたのが、視界に映ったせいだ。

「……？　……っ！」

扉の上部に取りつけられていた額縁が落ちるのを目撃し、考えるより先に身体が動いた。

そのまま落下すれば、彼女の頭を直撃する。アルエットは咄嗟に手にしていた掃除道具を放り出し、今尚文句を言おうとしている同僚を抱き込んだ。

「きゃ……っ？」

女二人抱き合ったまま半回転し、直後に彼女が立っていた場所へけたたましい音と共に大きな絵が落ちた。

「ひ……ッ」

鼻息荒くアルエットを罵っていた同僚も、激しい落下音にゾッとしたのだろう。アルエットの腕の中で身を竦め、ブルブルと震えている。その彼女の肩を撫《な》でてやると、涙目でこちらを見上げてきた。

「怪我はありませんか？　可愛い顔に怪我を負わなくて、よかった」

「へ、平気……よ……ぁ、その……あ、ありがとう……」

「いいえ。額縁も壊れていないみたいだし、大丈夫ですね。それじゃ私は失礼します」

荒事に慣れていない者ならば、相当恐ろしかったに違いない。しかしアルエットにとっては大したことでもなかった。しかし心なしか彼女の瞳が熱っぽく潤んでいる気がするのは何故だろう。

「後片づけはお願いしますね」

そう告げると放り出した掃除道具を同僚女性に押しつけ、アルエットは部屋を出た。

足早に向かう先は当然リュミエールの部屋だ。背後で女性の「あんた、ちょっと……いやかなり素敵だからって生意気なのよ！」という金切り声が聞こえたものの、完全に無視した。

ここでの仕事はさほど辛いものではない。

基本的にはリュミエールの身支度を手伝ったり、茶の準備をしたりするだけだ。メイドにも格があるらしく、主人の身近に侍《はべ》るのは上級なのだと、アルエットはルブロン伯爵家で働き出して初めて知った。

アルエットに嫉妬をぶつけてくるのは、そういう上の層だ。我こそはと狙っていただけに妬《ねた》み嫉《そね》みが渦巻いているらしい。

逆に掃除や洗濯などを担っている下級メイドたちは、大抵アルエットに友好的だった。むしろとても親切にしてくれる。

ちなみに、ほとんどの勤め先がそうであるように、使用人同士の男女交際は厳しく禁じられている。特に高位貴族の屋敷になるほど、管理が徹底しているものだ。

ルブロン伯爵家も例外ではない。

故にあまり男性と接する機会のない彼女たちは、アルエットを代役にしてときめきを楽しんでいるところがあった。

——私ったら、ここでも女性にモテてどうするの。これでも花盛りの乙女なのに……

そしてアルエットの悩みは、これだけでは終わらない。

辿り着いた目的の部屋の扉をノックし、部屋に入った瞬間。

「——どこに行っていた」

不機嫌ここに極まれりな低い叱責《しっせき》が飛んできた。

室内にいるのは、ソファーに腰かけた麗しい美少女一人。こうして座っていると長身が目立たないこともあり、一層女性にしか見えない。

その彼女——もとい彼が、作り物の裏声ではなく、素のままの低い声で命令を下した。

「お茶を淹《い》れて」

「……それくらい、他のメイドでも事足りませんか？　だいたい昨日は私の淹れた茶は不味《まず》いってぼやいていたじゃないですか」

高級な茶葉と茶器の扱い方なんて、アルエットは学んだことがない。どうしたって手つきはぎこちなくなるし、味だって落ちてしまう。それが不満なら他の者に命じてほしかった。

秘密がバレることを恐れ、極力他人を傍に置かないリュミエールだが、別に彼付きのメイドが他に一人もいないわけではない。数だけなら複数いる。

ただほとんど近寄らせないだけだ。けれど茶の準備くらいなら、本当の性別を見抜かれる心配もあるまい。これまでは他の誰かにやらせていたのだろうし。

「昨日、散々教えたじゃないか。成果を見せろ」

「それはそうですが……」

ぶちぶち不満を述べながらも、彼は昨日懇切丁寧に『美味しい茶の淹れ方』を指導してくれた。アルエットの無知を詰《なじ》ることなく、根気強く。とはいえなかなか厳しくもあったので、アルエットは拙い腕前を披露するのを躊躇った。

失敗すれば、何度同じ手順を繰り返させられることか。昨日も『もう許してください』と懇願してようやく解放されたのだ。リュミエールは味に煩い。妥協という言葉を、どうやら知らないようだ。

その上拘《こだわ》りが強く我儘《わがまま》なところもある。我が強いというのか、『こう』と決めたら譲らない面があった。

——まったくもう……秘密保持だけが理由じゃなく、元来の性格が単純に気難しいんだわ。これは今まで彼についていたメイドさんたちは大変だっただろうなぁ……いや、もしかして私に対してだけこんな暴君みたいになるの？

別のメイドに対する彼の態度はかなり丁寧だ。一定の距離から近づけさせないところはあっても、一般的な貴族と比べれば、理想的な主人だと思われる。

――でもそれって、『関わりを可能な限り持たないから』なんだよね……接する機会が少なければ、悪い印象も抱かないもの。それに、彼は親しくなるほど口調が砕けるみたいだし。

今のところ、リュミエールがアルエットに対する時のような喋り方をするのを他では聞いたことがなかった。

常に『理想的な令嬢』を演じていて、ぼろが出る隙もない。

――考えてみたら、それってとても疲れるよね……ありのままの自分を一切出せないなんて、私だって――

自分には似合わないと諦めて、本当に好きなものを諦め続けるのは、楽なことではなかった。

女の子らしい格好を内心羨み、憧れる気持ちを必死にごまかす毎日は、心が疲弊する。

アルエットとリュミエールでは抱える秘密の大きさが違いすぎるけれど、自分たちは似た者同士だとふと思った。

「休息の時間ぐらい、人目を気にせずゆっくりしたい。そのためには君じゃなくちゃ駄目だ」

「わ、私じゃないと……？」

「ああ。アルエットの前でなら、私はありのままの自分でいられる」

そう言われれば、拒否しにくい。アルエットは頼られると、嫌とは言えない性格なのだ。

しかも『理想の美少女』である彼からのお強請《ねだ》りは、破壊力抜群だった。

「し、仕方ないですね」

「ありがとう。嬉しいな」

律義にも使用人に礼まで告げてくれるところには、リュミエールの人柄のよさが感じられる。それも極上の笑顔付き。

おそらく彼は自身の魅力や影響力を正確に把握しているのではないか。飴《あめ》と鞭《むち》の使い方が抜群に上手いのだ。

リュミエールの掌の上で転がされているのは自覚しつつも、アルエットはいそいそと茶の準備を始めた。

「……ところで、先日の誘拐騒ぎの件、黒幕は特定できたのですか？」

「ああ。まず間違いない。男たちは捨て駒だからめぼしい情報は持っていなかったが、あの廃屋がある土地の所有者から手繰り寄せて絞り込めた。ま、男らは自分たちが勝手に使っていたと吐いたそうだが、それならあんなに立派な地下室が作られているのは不自然だ」

「確かに……小さな建物なのに、地下はしっかりしていましたものね。汚れていても、傷んでいませんでした。廃屋とは思えません」

「よく観察していたね。やっぱりアルエットは頼りになる。もっとも、敵も流石に証拠は残していなかった。間に大勢の人間が介在しているせいで、確定するのは骨が折れるよ」

アルエットが淹れた茶を優雅に口へ運び、リュミエールは口角を上げた。

「……そのわりには、どこか楽しそうですね」

骨が折れると言いながらも、彼に苛立ったり焦ったりしている様子はない。それどころかゲームに興じているかのような雰囲気だった。

「分かる？　――ああ、アルエットの言う通り、楽しんでいる。どうやって追い詰めてやろうかと考えてね。あ、今日のお茶は合格だな。とてもいい」

獲物を甚振《いたぶ》る肉食獣めいた眼差しをリュミエールが見せるものだから、アルエットは『聞かなきゃよかった』と後悔した。

これは命がかかった争いなのだと思い出さずにはいられない。

アルエットがひっそりと手を握り締め慄いていると、リュミエールが腰かけている自身の横を、ポンポンと唐突に叩いた。

「座ったら？　この菓子は私には甘すぎる。代わりに食べてくれ」

「え？」

「実は年々、甘いものを食べるのがきつくなっていてね。ここ数年は無理に平らげていたんだ。私の知る女性陣は皆喜んで菓子を食べるから、嫌いだと正直に言うといらぬ疑いを持たれそうだと思い、我慢し続けている」

「は、はぁ……」

嘘か実《まこと》かは不明だが、菓子の乗った皿をぐいっと差し出され、アルエットは反射的に受け取った。

しかも再びソファーの座面を叩かれて、座ることを要求される。

「メイドが主人の隣に腰かけるわけにはいかないことくらい、私だって知っています」

「では立ったまま食べると？　その方が礼儀知らずだろう。四の五の言わず、早く座って」

気だるげな様子で命じられ、アルエットは彼の強い眼力には抗えなかった。結局、ソファーの端にちんまりと腰を下ろす。

「そんなに離れて、落ちないか？」

「だ、大丈夫です。お気になさらず」

自分の横顔に注がれるリュミエールの視線を意識しつつ、アルエットはいただいた菓子を口に運んだ。

一口サイズの焼き菓子は、バターと砂糖を惜しげもなく使っているらしく、口内で芳《ほう》醇《じゅん》な香りを放ちながら甘く蕩《とろ》ける。洋酒やドライフルーツも入っており、これまでアルエットが食べたどんなものよりも美味しかった。

「……っ！」

叶うなら、家に持って帰って弟たちに食べさせてやりたい。こんな魅惑の食べ物が世の中にあると知れば、彼らは卒倒してしまうのではないか。

そんな馬鹿げたことを考えるほど感動的な味に、アルエットは両目を見開かずにはいられなかった。

「美味しい？」

「はい、すっごく……！　こんなの初めてです！」

「よかった。気に入ったなら、お茶の時間に出される菓子は、これから全部君が食べたらいい。その方が私も助かる」

――それって……

一瞬、アルエットに菓子を与えるため、部屋へ呼びつけられたのかと思った。だとしたら、半ば強制的だった『茶を上手に淹れる練習』もその布石だったのか。

――いや、いくら何でもそれは考えすぎか……

現在アルエットの立場は、『秘密を知ってしまった故に監視対象』であり『秘密を隠さなくていいメイド』でもある。どちらにしても、いわば気を遣う必要はない相手だ。

身分差から考えても、リュミエールが自分に配慮する理由はない。

だからまるで大事にされていると感じるのはただの勘違いだと結論づけ、アルエットは残りの菓子もありがたくいただいた。

「とても美味しかったです。ごちそうさま」

「口の端についている」

「……えっ」

長い指が、アルエットの唇を拭った。

自分のものではない他者の感触と体温に、驚きのあまり動けなくなる。

ヒュッと鳴ったアルエットの喉は、そのまま干上がってしまいそうになった。

「しっかりしているのかと思えば、案外子どもじみたところもあるんだな。菓子に夢中になるなんて」

小首を傾げた彼が双眸を細める。長い金髪が音もなくリュミエールの肩を滑り落ち、煌めく軌跡を描いた。

ドクンッと鼓動が跳ねる。

人形めいた美貌は本日も健在だが、何故かこの瞬間、アルエットには彼が女性には見えなかった。

化粧はしているし、長く伸ばした髪にはリボンだって結ばれている。身につけているのは愛らしいドレスだ。けれど佇《たたず》まいが『令嬢』の仮面を被っている時とは違った。

何よりも声と眼差しが、女のものではない。

低く滑らかな美声に耳を擽られ、不可思議な熱を秘めた視線に射貫かれて、アルエットは完全に狼狽した。

見つめ合ったまま数秒。瞬きを忘れた瞳は、当然逸らすことも許されない。

二人きりの室内で停滞した時間の中、再びリュミエールの指がアルエットの唇を辿った。

「……ぁ、あの……まだついています……？」

「ああ。だからじっとしていて」

心なしか彼が顔を寄せてきた気がした。二人の間にあったはずの距離がいつの間にか縮んでいる。

今や隙間なく寄り添うように並んで座るアルエットとリュミエールは、吐息が混じりそうなほど接近していた。

「ま、待ってくださ……」

「動かないで」

触れるか触れないかの繊細な動きで唇をなぞられ、体内に見知らぬ衝動が沸き起こる。

こんな感覚は知らない。けれどどうにも切なくてもどかしい。

体験したことのない状況に、アルエットはどんな顔をしていればいいのか分からなかった。

何せ、彼の視線はこちらの顔面に注がれている。焦げつくような熱を唇に感じるから、間違いない。

それだけではなく、頬や鼻、瞳に額までじっとりと執拗《しつよう》に見つめられている心地がした。

――わ、私が自意識過剰なだけ……っ？　リュミエール様はただ食べ滓《かす》を払ってくださっているだけなのに……！

子どもじみたところがあると言われたことからも、彼は幼子の世話を焼いているつもりになっているだけのはずだ。

リュミエールに弟妹はいないから、こういった触れ合いが新鮮なのかもしれない。

だから深い意味はないと、そう思うのに、アルエットの心臓はどんどん速度を上げていった。

――駄目……っ、これ以上は私の心臓が爆発するか、口から飛び出す……！

この程度で狼狽するなんて、自分でも思ってもいなかった。男女の甘い駆け引きは己には無縁な世界だと考えていたためだ。

遠い御伽噺《おとぎばなし》めいたもの。本に書かれた創作と同じ。

ああいった甘やかでふわふわした出来事は、可愛く綺麗な女性にしか訪れないことだと認識していたのに――

あと少し二人の間にある空間が縮まったら。ほんの僅か重心を前に傾けたら。それともリュミエールの指先が滑り、アルエットの口の中へ入り込んだとしたら――

――そうなったら、私は――

わけが分からなくなったアルエットは、顔中にぎゅっと力を込めた。

きっと珍妙な表情になっているだろう。それでも他にどうすればこの動揺を鎮められるかが思いつかない。変顔でもしなければ、おかしなことを口走ってしまいそうで。

「……っぷ。その顔どういう心情だ？　私を笑わせるつもり？」

リュミエールが吹き出したことで、濃密に漂っていた淫靡《いんび》な空気は霧散した。

それこそ、初めからそんなものはどこにもなかったかのようだ。

「あ、ははは……リュミエール様がお疲れのご様子だったので、笑って元気になってくださったら嬉しいなと思いまして……」

「だったら大成功だ。このところ誘拐騒ぎの黒幕を暴くために睡眠時間を削っていたからね」

「リュミエール様は昼間もお忙しくしていらっしゃいますし……やっぱり疲労が溜まってらっしゃいますよね！」

普通の貴族令嬢なら花嫁修業に明け暮れているものだが、爵位を継ぐ可能性がある彼は違う。

領地経営や経済学、兵法に語学まであらゆる知識を要求される。さらに女性ならではの刺繍《ししゅう》やマナーなどの教養も身につけなければならない。

時間はいくらあっても足りないはずだ。

アルエットがメイドとして働き出してまだ十日にも満たないけれど、リュミエールの多忙さは目を瞠るほどだった。

――スケジュールは毎日ビッチリ埋まっている。私たちが出会った誘拐騒ぎの日は、敵を誘い出すために『あえて作った隙』だったんだなぁ……

それほど余裕のない毎日を送る彼にとっては、茶を飲む短い休憩時間がまさに息をつける貴重なひと時なのだろう。

そんなことを思えば、こうしてアルエットが同席させてもらえるのは信頼の証であり、気を許してくれている証明に他ならない。

擽ったい気分になって、アルエットは緩む口元を引き締めなければならなかった。

「よろしければ、肩でも揉みましょうか？　私、昔住んでいた島で一番上手だと、祖父母やご近所さんたちに大人気だったんですよ」

「……ありがたいが、急に自分が老け込んだ気分になるな。それより、少しだけ眠りたい」

「ん？」

アルエットがやる気満々で両手をワキワキと動かしていると、リュミエールが不意に体勢を変えた。そしてあろうことか、こちらの太腿に頭をのせてくるではないか。

「ひゃ……っ？」

「ちょうどいい高さと弾力だ」

「お褒めにあずかり光栄です……？　——って、眠るならベッドで横になった方が……！」

「それだと深く寝入ってしまう。短い時間だけ休ませてくれ」

弟以外にこんなことをしてやった経験がないアルエットは、大いに慌てた。しかし彼の頭をのせている状態では、立ち上がるわけにもいかない。

先刻唇を触られた感触と熱とはまた違った重みと温《ぬく》もりに、心臓が激しく大暴れしそうだ。

それでも、まったく嫌ではない。そんな事実が余計にアルエットを戸惑わせた。

「しばらくしたら、起こしてくれ。そうだな……十五分くらいでいい」

「わ、分かりました……」

上から見下ろせば、リュミエールの顔には濃い疲労の影があった。特に目の下には、化粧でも隠しきれない隈《くま》がうっすらと透けている。

瞼を下ろした彼はすぐに眠りに落ちたのか、やがて呼吸音が変わった。

――こうして『令嬢』の演技をしていない時は、やっぱり男性に見える……

無防備に横たわるリュミエールは、全身から力を抜いていた。アルエットに全てを預け、安心しきっているのが窺える。それを誇らしく感じるのは何故なのか。

――考えてみたら、この人は私と同じ年齢だものね。童顔のせいで、てっきり年下だと勘違いしていたから吃驚《びっくり》したけど……どちらにしても抱えている荷物が重すぎる。無事爵位を継いだとしても、その後は――

彼とアルエットとの間で交わされた主従契約は、『リュミエールが後継者に決まり、全てを暴露するまで』だ。だから、彼がルブロン伯爵になった後は二度と会うこともないと思う。

本当なら交わることはなかった運命だ。

現在当主であるリュミエールの祖父は高齢で、重い病を患っているらしい。近い将来、代替わりするのは間違いなかった。

それが数日後なのか、それとも一年後なのかは分からない。

だが必ずやってくる未来なのは確かだった。

——その時が訪れるまで、束の間でも彼が安らげますように……

顔にかかった髪を横に流してやり、リュミエールがよりゆっくり休めるように取り計らう。

二人きりの空間で、穏やかな時間は静かに流れていった。

3　まさかの婚約者に大抜擢

リュミエールの祖父、現ルブロン伯爵家当主から招集がかけられたのは、突然だった。何の前触れもなく、予定の有無を確認されるでもなく、問答無用に。

しかしアルエット以外の使用人は勿論、リュミエールを含めた誰も驚いてはいなかったから、普段からそういうものなのかもしれない。

代々のルブロン伯爵家当主が住まう屋敷は、王都の中でも一等地に建っている。リュミエールが亡き父から受け継ぎ暮らしている屋敷からは、馬車で一時間はかからないほどの距離だ。

——だけど時間厳守で必ず来いなんて、横暴じゃない？　もし遠方に行っていたら、どうするつもりなんだろう……

自分の命令を拒む者などいるわけがないという傲慢さが透けて見える気がして、あまりいい気はしない。とはいえ、当のリュミエールが特別気分を害した様子もないので、ひとまずアルエットは口を噤んだ。

——部外者の私がムッとしても仕方ないしね……

そんなこんなで早朝に使者がやってきてから大わらわである。

単に出かける準備といっても、平民と違い、貴族は親族に会うだけで衣装から何から色々気を遣わねばならないらしい。

しかも呼び出されたのがリュミエールだけではなく、爵位継承の権利を持つ者上位四人となれば、一分の隙も見せるわけにはいかなかった。

「首飾りは一番立派なものを」

「髪型はもっと飾り立てますか？」

「口紅の色はあちらの方がよろしいのではありませんか」

流石にアルエット一人でリュミエールの支度を整えることはできず、大勢のメイドらが彼を着飾らせている。

少し離れた場所で見守ることしかできないアルエットは、すっかり手持ち無沙汰だった。

——貴族令嬢の正式な装いは、私じゃ分からないものね。

ドレスや装飾品にも格があり、どんな相手に会うかで変えるもののようだ。

ルブロン伯爵家当主——リュミエールの祖父と顔を合わせるには、最上級の格式を求められるのかと、半ば感心してしまった。

——言ってみれば、お祖父ちゃんだよね？　おめかしして会いに行くなんて発想もない私には、とても理解できないわ……

何年も前に亡くなった祖父を思い、遠い目になる。

島では島民全員が親戚のように仲がよかった。勿論気が合わない者もいたが、それでも協力せねば生きていけない環境だったので、団結力が強かったのは間違いない。

誰かの足を引っ張り、財産のために命を狙うなんて誰も考えたこともないのではないか。

——身分やお金があるから幸せとは限らないのね……

「——どう思う？　アルエット」

「えっ」

物思いに耽《ふけ》っていたアルエットは、唐突に彼に声をかけられ、我に返った。

ドレッサーの前に座り、鏡越しにこちらを見るリュミエールと視線がかち合う。

どうやら彼は、着飾った姿が似合っているかどうかをこちらに問うているらしい。

「へ、ぁ、と、とてもお綺麗です」

正直なところ、アルエットにドレスのよし悪しやこれから行く場に相応しい装いなのかどうかは判断できなかった。

身支度を整えていた別のメイドらも、そう思ったのだろう。あからさまに『知識も教養もない女に、何故聞く？』という顔をしていた。

しかし息を呑むほどリュミエールが美しいのは、確かである。それだけはアルエットにもはっきり感じ取れた。

「青で纏められたのですね。瞳の色と合っていて、落ち着いた気品があります。差し色の白いレースも華やかで、爽やかさが印象的です。まるで、海みたいです」

自分なりに精一杯の賛辞を贈ったつもりだが、アルエットを目の仇《かたき》にしている者たちからすれば、拙くたどたどしい感想でしかなかったようだ。

いかにも馬鹿にした失笑を漏らし、彼女たちは肩を竦め視線を交わし合った。

「お嬢様がお綺麗なのは分かりきっていることだし、瞳のお色に合わせるのは当然じゃない。お嬢様をより引き立てる方法は、私たちが一番理解しているわ。それと海みたいですって？違うわよ。最先端の流行は空を模したものなのよ。そんなことも知らないの？」

怒涛の皮肉は、アルエットの一番近くに立っていたメイドからぶつけられた。ただし、こちらにだけ聞こえる声量で。

表立って意地悪をする気概もないくせに、フンッと鼻を鳴らして勝ち誇った顔をすることも忘れない。今日は集団で集まっている分、強気なのかもしれなかった。

ただ、以前額縁の直撃から守ってやった同僚は、あれ以来積極的に悪口に参加する気はないらしい。改心してくれたのなら、よかったと心底思う。

「ああ、なるほどです」

流石にイラッとしたアルエットは、口角を引き上げ彼女に向き直った。

普段と同じようにアルエットが黙って聞き流すと高を括っていたメイドは、長身の女ににじり寄られたことで、かなり驚いたらしい。ビクッと全身を強張らせながら、後退《あとずさ》りした。

「……（せっかく可愛い顔をしているのに、意地悪ばかり言っていると勿体ないですよ）」

アルエットは軽く顔を傾げ、リュミエールからは見えない角度で唇だけを動かした。声は出さずとも、きちんと意味が汲み取れるように。

企みは成功したのか、さっきまで小馬鹿にした表情をしていた彼女は、一気に耳まで真っ赤になった。ワナワナと震え、涙ぐんでさえいる。まさか反撃されるとは夢にも思わなかったようだ。

――言い返されて傷つくくらいなら、やらなきゃいいのに。

それに仕返しとも言えないショボい攻撃だ。これでもかなり手加減してやったのに、あまりにも手ごたえがない。

――やっていることは下品でも、ルブロン伯爵家の使用人は変なところで上品ね……まあ皆、そこそこいい家の出身みたいだから、これに懲りたら雑草に喧嘩売らないことね！

こんなに簡単かつ平和的に撃退できるなら、もっと早く実行に移せばよかった……などとアルエットが考えていると、再びリュミエールから声がかけられた。

「アルエット、ちょっとこちらに来てくれる？」

「はい」

「他の皆はご苦労様、下がっていいわ。綺麗に仕上げてくれて、ありがとう」

主人に退出を命じられれば、使用人は従わざるを得ない。アルエットだけが残るよう指示されたのが不満なことは、メイドの一人がわざとこちらの足を踏みつけていったことからも明らかだった。

——じ、地味な嫌がらせ……っ、でも次同じことをされたら、絶対やり返そう……っ！　自分だって聖人ではない。大目に見てやるにも限度がある。そろそろ反撃の頃合いかもしれないと、部屋を出て行く同僚の背中を睨みつけていると。

「揉めているなら、こちらで対処しようか？」

「あ……いいえ。大丈夫です。これくらい自分で解決できますし」

リュミエールはアルエットと一部メイドたちとの間にある確執に気づいていたようだ。極力彼の前でそういう態度は出さなかったはずだが、目敏《めざと》い。今のやり取りだって、リュミエールの目や耳に届いているとは思わなかった。

「この程度、何てことありません。いざとなれば負ける気はありませんよ。島育ちの庶民を舐めないでほしいですね」

「逞しいな。だが取っ組み合いはお勧めできない。怪我でもしたら、大変だ」

「私もできれば殴り合ったりはしたくないので、もう少し頑張ってみます」

「……気軽に人を頼らないところが君の長所ではあるけど——もう少し私を当てにしてくれても構わないよ？　屋敷の規律を乱す使用人に罰を与えるのも、私の仕事だ。アルエットが目障りなら、明日から来なくていいと向こうに伝える」

リュミエールは意に添わないメイドをこれまでに何人もクビにしていると、アルエットは耳にしていた。それは彼の権利であり、役目でもある。けれど。

「……仕事を失うのは大変なことですから、そこまでする必要はありません。彼女たちにだって生活があります。職を奪われるほどの嫌がらせなんてされていませんよ。だからしばらく様子を見てください」

リュミエールは他の貴族階層の者と比べれば、アルエットたち側に歩み寄ってくれている。だがちょっとした壁を感じるのは、こんな時なのかもしれなかった。

下々の人間は、替えが利く存在。平民が働き口をなくせば、外聞が悪い上に途端に困窮する実情があまり見えていない気がした。とはいえ、それも仕方がないことだ。

彼は『一般庶民の感覚』を残しつつも、幼い頃から上流階級の世界で生きてきたのだから。よく知らないことを、想像しろという方が無茶だった。

彼も、アルエットの言わんとしていることに気がついたのだろう。軽く目を瞠り、それから睫毛を震わせた。

「……ごめん。私が傲慢だった」

「あ、いいえ。謝っていただきたかったわけではありません」

ただ見えている世界や価値観が違うだけだ。どちらが正しいという話でもなかった。

「いや、今のは私が悪い。こういう考え方に染まりたくなかったのに……いつの間にか私もすっかり貴族の常識に囚われていたようだ」

心なしか肩を落としたリュミエールは、消沈して見えた。今日は一際腕によりをかけて美少女に仕立てられているせいか、アルエットはとても庇護欲を刺激される。

キュンッとなった衝動のまま、アルエットは彼の前に跪いた。

「人は失敗するものです。大事なのはいつ立ち止まるか、引き返す勇気が持てるかどうかではありませんか？」

手遅れではないと伝えたくて、アルエットは微笑んだ。

彼の手を取り、両手で包み込む。弟が両親に叱られて落ち込んでいるのを励ます心地だった。こうすると、弟はいつも笑顔になってくれるのだ。

「よくないと思われたなら、この先気をつけて変えていけばいいだけです。同じ過ちを繰り返さないように」

「……アルエットは、私の足りないところに気づかせてくれるんだな……」

「私も至らないところだらけなので、お互いに理想の自分に近づけるよう頑張りましょう！」

明るく言えば、リュミエールが眩しいものを見るように瞳を細めた。

「ああ……そうだね」

空いていた彼の手が緩やかに動き、逆にアルエットの手に添えられた。どちらが相手の手を握っているのか、分からなくなる。

触れ合った場所からは不思議な温もりが伝わってきた。

「アルエットが傍にいてくれたら、私は本当の自分を見失わないでいられる気がする」

「ふふ、私にそんなすごい力があったら、リュミエール様を是非支え続けて差し上げたいですけどね」

「――本当に？」

冗談の延長とは思えない声音で問い質され、アルエットは一瞬言葉に詰まった。何故か笑って適当に返してはいけない気がする。

真摯《しんし》に答えなければならない予感がし、頷くことも瞬くこともできなくなった。

「その言葉――信じてもいい？」

「え……っと、あの……」

周囲の空気がトロリとした艶を帯びる。つい最近も感じたもの。あの時もどうすればいいのか分からなかった。

だが今日はもっとどんな顔をすればいいのかを見失う。

変顔でごまかすこともできないままアルエットは彼の青い双眸に囚われていた。

「もし、私が――」

「お嬢様、そろそろ出発するお時間です！」

扉の向こうから声がかけられ、見つめ合っていた呪縛が解けた。アルエットがハッとすれば、随分近くにリュミエールの顔がある。

そのことに気がついて、大慌てで飛び退《との》いた。

「も、もう出なくてはならない時間みたいですよ！」

「あぁ……そうだね。遅れるわけにはいかない」

嘆息交じりにこぼした彼が、自然な動作で立ち上がった。すぐ近くにいた彼が離れ、軋《きし》んだ胸の理由は不可解だった。

「――それじゃ行くよ、アルエット」

「はい、いってらっしゃいませ」

「ん、何を言っているの？　君も同行するに決まっているじゃないか」

当然自分は留守番だと思っていたアルエットは口を半開きにして固まった。

「え、どうして私が……？　大事な集まりなんですよね？　そんな場所に作法も立ち居振る舞いも知らない者がついていくべきではないのでは……」

待ち受けるのはリュミエールの粗を探そうと手ぐすね引いている者ばかりのはず。ここはきちんとした教育を受けている使用人を帯同するべきだろう。

でないとどこで恥をかくか分からないではないか。この場合、恥をかくのはアルエットだが、使用人の失敗はそのまま主人の汚点にもなるのだ。

「だからこそだよ。一瞬も気を抜けない場所に行くなら、せめて気を許せる者に傍にいてもらいたいのは、当たり前じゃないか」

「……っ」

反射的にドキッと胸が高鳴ってしまった。本当にこの男は人たらしだ。

こんなことを言われれば、無下に突き放すことができるわけもない。

アルエットは火照る頬を俯くことで隠し、『分かりました』と答えるのが精一杯だった。

——本音では、親族の暗殺を企むような人が大勢集まっている、そんな怖い場所に絶対行きたくないけど……こんなふうに言われたら、嫌だなんて言えないじゃない……っ。

自分だけが安全なこの屋敷で、彼を待っている方が心苦しい。

そう考え直し、アルエットはリュミエールと共に馬車に乗り込んだ。

道中、特に会話はなく、アルエットはリュミエールの向かい側に腰かけて、ひっそりと彼を盗み見た。

物憂げに目を閉じているだけで絵になる。まさにアルエットの憧れそのものの美しさと可憐さを彼は兼ね備えていた。

それなのに、どうしてかここ最近リュミエールが女性に見える機会が減ってきている気がする。別に彼の体形が変わったとか、男らしさが滲んでいるという話ではない。

そういう意味でなら、相変わらず完璧に美少女の仮面を被っていると思う。おそらくアルエット以外であれば、リュミエールの性別を疑う者などいやしないに違いなかった。

——こうして近くで拝見しても、誰より愛らしいわ……だけど、何故？　時々ものすごくドキッとさせられるというか……『可愛い』の形容よりももっと……

上手く言葉にならないモヤつきをアルエットが抱えていると、その時馬車が停《と》まった。

窓から外を見れば、途轍もなく大きな屋敷が聳《そび》え立っている。古色蒼然《こしょくそうぜん》とした外観は、まるでこちらを拒絶しているかのような威圧感があった。

「到着したようだね。——さあ、戦いの始まりだ。きっと今日の集まりで、次期後継者に関する話が出る。いったいどんな無理難題を突きつけられることやら」

てっきりうたた寝しているのかと思っていたリュミエールがパチリと目を開き、鮮やかに微笑んだ。見惚れるほど華やかで、毒を孕《はら》んだ笑みにアルエットは釘づけになる。

今から敵地に乗り込むのだと弥《いや》が上《うえ》にも緊張が走った。

馬車を降りて見上げた先には、リュミエールが暮らす邸宅とは比べものにならないほど広大な敷地が広がっている。その中央に鎮座するのは、長い歴史を感じさせる、さながら城。

けれど気のせいか、アルエットにはどんよりとして見えた。

今からこの屋敷に集まるのは、貴族の中でも選りすぐりの選民思想を持った者たちだ。

権力と財産のためなら、倫理にもとることにも疑問を覚えない者ばかり。リュミエールは大きな秘密を抱えたまま、そんな人々を出し抜き彼らの上に君臨しようとしている。

今更ながら、アルエットは彼の成し遂げようとしていることに眩暈がするほどの恐れを感じた。

──怖いな……でもだからこそ、彼を一人にしたくない。私にできることなんてたかが知れているけれど……傍にいてほしいって言われたも同然だもの。

出迎えるために出てきた使用人に案内され、リュミエールとアルエットは屋敷の中へ入った。

絢爛豪華な玄関をくぐれば、大きな階段がまず目に入る。天井からは眩《まばゆ》いばかりのシャンデリアが下がり、いくつもの美術品があちこちに飾られていた。

絵画に陶芸、彫刻。全て名のある作家の手によるものだろう。

象牙や宝石、黄金が惜しげもなく使われ、どこもかしこもピカピカに磨き抜かれており、手が行き届いているのは一見して明らかだった。

それだけ使用人の数が多く、厳しくしつけられているのは、想像に難くない。

静まり返った屋敷の中で、靴音だけがコツコツと響く。優雅に前を歩くリュミエールの背中を追い、アルエットはひっそりと深呼吸した。

──何だか、静かすぎて怖い。私、ここでは働ける気が全然しないわ……

無機質で、冷たい。あらゆるものから存在を否定されているような気さえする。それは、使用人を家具程度にしか見做していない主人の内面を、反映しているかの如く感じられた。

道具は黙って意思など持つなと言われている錯覚を覚えるのは、おそらく勘違いではないはずだ。

「——こちらへ」

応接室まで案内してくれた使用人は、最低限の言葉と共に深く頭を下げて立ち去った。

室内の椅子に腰かけていたのは四人の男性。その後ろにはそれぞれ連れてきたらしい使用人が立っている。誰もがただのメイドではなく、地位の高い侍従か護衛を兼ねていると思われる佇まいだった。

——うわぁ……案の定、私みたいな場違い丸出しの女を連れてきている人なんていないじゃない……

室内にいた全員の視線がリュミエールへ突き刺さる。その後、背後に控えるアルエットを見て、怪訝《けげん》そうに眉を顰《ひそ》めた。

——うん、気持ちは分かります。私だって自分がどうしてここにいるのか、理解しきれていません……！

「——お前がメイドをつき添わせるのは珍しいな。いつもは一人で来るのに」

「お久し振りです、お祖父様」

部屋の奥、最も大きな一人がけのソファーに座っているのが、ルブロン伯爵家当主であり、リュミエールの祖父らしい。

小柄で皺だらけではあるが、鋭い眼光は人を委縮させるのに充分だった。

当主が上座に座し、左右に向き合う形で二つずつ席が設けられている。そのうち一つだけ空いている椅子が、リュミエールの席なのだろう。

「最後にやってくるとは、我々の知らぬ間に、随分偉くなったものだ」

当主の一番近く、右奥に陣取った老齢の男が皮肉げに唇を歪めた。非常に嫌みっぽい。年齢や似通った顔立ちから、当主の兄弟なのではないかとアルエットは想像した。

——わぁ……感じ悪い。すると後の二人は亡くなられた長男様と次男様の婚外子なのかな？　うーん、何と言うか……リュミエール様の従兄弟《いとこ》のはずだけど、まったく似ていないのね。

若い二人の男性は、お世辞にも美しいとは言い難かった。顔立ちが整っていないこと以上に、醸し出す雰囲気やちょっとした所作が洗練されていないのだ。

一言で言えば、下品。一人は卑屈な眼差しを落ち着きなくさまよわせており、もう一人はマナーも何もなくふんぞり返っていた。

——お二人は婚外子と聞いたけれど、貴族教育は受けていらっしゃらないのかしら。どう好意的に見ても、そこらの悪ガキ崩れではないか。

王都には、ああいう輩が大勢いる。昼間から飲んだくれて他人に絡んだり、賭博に溺れ借金塗れになったりしている男たちと同じ目をしていた。

彼らは初対面のアルエットを値踏みするように、無遠慮な視線を向けてくる。それも、やや短いスカート丈のせいで露になっている脚へ。

頭から爪先まで、舐めるのに似た目線が往復するのを感じ、ゾワッと肌が粟立った。

更には小馬鹿にした態度で、舌なめずりまでするではないか。

――人を見た目で判断するのは愚かなことだけど……どうしよう。クズにしか見えない。

日々の乱れた生活を窺わせる荒れた肌は、せっかくの若さも台無しにしていた。一応整えられている髪にも艶はない。身につけている服は高級そうだが、『着せられている感』が半端なかった。いかにもつけ焼き刃の装いだ。

性別まで欺いて尚且つ完璧なリュミエールとは比べるまでもなく、残念な気持ちになった。

――でもこの中に……リュミエール様のご両親を殺め、平然としている人間がいる可能性があるんだよね……

「申し訳ありません、大叔父様。ですが時間には遅れていないかと」

「目下の者が一番先に来て待っているのが当然だろう」

「失礼いたしました。ありがたいご助言、是非参考にさせていただきます」

優雅に礼をしたリュミエールは、大輪の花を背負っているのかと見紛うほど満面の笑みだ。それなのに、尋常ではない圧を感じる。まるで『煩ぇ、黙れ』と言っているようにアルエットには聞こえた。彼の態度に不遜なところは一つもないのに、不思議なことだ。

「早く座れ。これで全員揃った。早速始めるとしよう」

当主の一言により、もっと何か言いたげだった大叔父は口を噤んだ。この場の力関係がはっきりと分かる。

先ほどから礼儀もへったくれもない態度を取り続けていた従兄弟《いとこ》らが、一言も発しないことからも、それは明らかだった。

序列的には当主、大叔父、同列にリュミエールと従兄弟たちといったところだろうか。ただし、当主と大叔父の間には、越えられない壁があるらしい。

リュミエールが空いていた席に腰を下ろし、ただでさえピリついていた空気がより緊張感を孕む。

不用意に物音を立てるのも躊躇われ、アルエットは背筋を伸ばして姿勢よく彼の背後に立った。

せめて、自分のせいでリュミエールが舐められないように。

存在感のある己の身長が、初めて役に立ったと思えた。これが一般的な女性の体形であったら、それだけでこの場の重苦しさに負けていた気がする。

僅かでも彼の役に立てるなら、『デカい女』と思われるのもやぶさかではない。

「……こうしてお前たちを招集したのは、後継者をそろそろ正式に決めるつもりだからだ。知っての通り、私は最近体調が優れない」

「何をおっしゃいますか。兄上はまだまだお若い。これからもルブロン伯爵家当主として頑張っていただかなくては！」

すかさず胡麻《ごま》をすりにいった大叔父ではあるが、その声には喜びが隠しきれていなかった。自分こそが次の当主にと狙っているのが見え見えである。

「お祖父様、他の親族はどうされたのですか」

続いてオドオドとしている方の従兄弟が、上目遣いで問いかけた。自分から話しかけることに緊張しているのか、声が掠れている。祖父が彼に視線を移すと、目に見えて全身を強張らせた。

「テオドール、いちいち説明されなければ分からないのか？　ここに呼ばれていないということは、私がその必要はないと判断したということだ」

「つまり、ここにいる僕たち四人に候補は絞られたということですね」

「そういうことだ。ヨハネス」

喜色をだだ漏れにしたもう一人の従兄弟――ヨハネスが歯を剝き出しにして笑う。その前歯は煙草《たばこ》の吸いすぎなのか、不摂生が祟っているのか、やや黄ばんでいた。

「賢明な判断です、流石兄上。やはりできるだけ血が近い者にこの家は任せるべきです。遠縁の者になど、口を出されるだけでも吐き気がする。どうせ奴らはルブロン伯爵家に寄生するだけの害虫と同じですよ。まぁ下賤《げせん》な娼婦が産んだ子どもまで候補に残すのは、同意しかねますがね」

大叔父が吐き捨てた瞬間、二人の従兄弟が気色ばんだ。

その様子を見て、アルエットは察する。

――婚外子ってそういう事情だったのね……でも子どもは一人じゃ作れないのよ。つまり貴方の甥っ子たちが種を蒔《ま》いた結果でしょう？　それなのに何で一方的に馬鹿にするの？　感じ悪い……

さも家の恥部であると言わんばかりだが、本当に恥じるべきは身勝手な男たちの下半身だろう。

辛うじてルブロン伯爵家の一族に名を連ねているようだが、従兄弟たちは二人ともきちんとした貴族教育を受けているようには見えなかった。

おそらく顧みられることもなく、ほとんど放置されていたのではないか。

つまり彼らは母親と共に見捨てられたのではないかと思う。彼らの父親が命を落とした後も、支援の手を差し伸べられることなく。

だが最有力の後継者候補だったリュミエールの父親まで亡くなり、直系の子はリュミエールのみになった。

他に男児がいるなら、保険として手元に置いておきたい――そんな下種《げす》な魂胆が透けて見える。

――ああ……嫌な気分……人間は便利な道具でも、思い通りになる駒でもないのに……

先ほど卑猥《ひわい》な視線を向けられた嫌悪感はひとまず措《お》いておいて、アルエットは二人の従兄弟に同情を抱いた。きっと彼らも辛い思いをしているはずだ。

「使用人も娼婦も似たようなものでしょう。だいたい駆け落ちした先で生まれたなんて、本当にルブロン伯爵家の血を引いているかどうか信用なりませんよ。ひょっとしたらよその男の種かもしれない。下賤な女が金のために他で孕んだ子を連れてくるなんてよくある話です。僕らの母は、当時父に囲われていたので確実ですけどね？」

前言撤回。やはりクズだ。

鼻息荒くリュミエールを挑発する従兄弟らに、アルエットは束の間抱いていた同情心をかなぐり捨てた。

「――くだらんことで騒ぐな。我が貴い一族の血を引いているかどうかは、私が調べている。母親の血筋など、この際どうでもいい。どちらにしてもこの国で私たち以上に高貴な者など、王族しかいないではないか。――それともお前たちは私の決定に不満があるのか？」

当主の怜悧《れいり》な眼差しで射貫かれた大叔父が、尊大な態度から一気に小さくなった。愛想笑いを浮かべつつ、「冗談ですよ」と揉み手をする勢いでご機嫌伺いをする。

上の者には媚《こ》びへつらい、下の者には尊大に振る舞う。嫌な面を開始早々見せつけられ、アルエットは早くもげんなりとし始めた。

――リュミエール様は、こういう集まりに今までずっと一人で出席されていたの？　私だったら、『爵位なんていらない』と叫んで耐えきれずに飛び出してしまいそう……だけど踏ん張らなければならないくらい、この家に対して憎しみが強いのね……

ツキンとアルエットの胸が痛んだ。

背中を向けて前に座っている彼の表情は窺い知れない。至極上品に腰かけているだけだ。それでも――傷ついていないわけがなかった。

――ああ……ゆっくり休ませて差し上げたい。前みたいに膝枕だって、いくらでもするのに……

せめて自分が後ろに寄り添っていることを伝えられたら。

言葉をかけることは疎か、身じろぎもできない状況が、非常にもどかしい。アルエットはどうしてか、今すぐにリュミエールを背後から抱きしめたい衝動に駆られた。

「――それで兄上、この四人からどうやって後継者を決定するのですか？」

本題を聞きたくて仕方ない風情の大叔父が、前のめりになって当主に問いかけた。くだらない牽制《けんせい》はもはや不要と判断したらしい。この中では己が最も次期当主の座に近いと考えているのがヒシヒシと伝わってくる。

抑えきれない笑みが、下品な形に老人の唇を歪めた。

若い二人も興味津々のようで身を乗り出している。皆、興奮を隠そうともせず、小鼻を膨

らませていた。

――何だろう……この人たちの中に、本当に親族に手をかけて平然としていられる犯人がいるのかな……？　正直、全員薄っぺらくて小者すぎる気がする……

知略を巡らせ、裏で暗躍できるようにはとても見えない。精々が誰かに利用し尽くされる捨て駒だ。何とも言えない違和感が込み上げ、アルエットは眉間に皺を寄せた。

「条件は、決めている。勿論他にも判断材料はあるが――まず『その資格』を満たしていない者は候補者から外すこととする」

「勿体ぶらず、教えてください。これまでの実績ですか？　それとも築いた財産でしょうか。経験も無視できませんよね。その点私は過去に戦場に立ったこともあり、王家の信頼も厚いです」

自分の優位性を示そうと、大叔父が言い募る。

これといって顕示できるものがないらしい従兄弟らは、苦々しく表情を歪めていた。

「それらも考慮するが、条件は一つだ。――家庭を持っている者。その中から私の後継者は選ぶ」

「えっ」

男たちが同時に声を発した。それまで沈黙していたリュミエールも掠れた声を漏らす。だがすぐに我に返り、令嬢の仮面を被り直したのは見事と言う他ない。

「お祖父様、それはどういう意味でしょう？」

「言葉通りだ。妻、または夫がいる者の中から選定する。子ができればもっといい。ただし相手は誰でもいいわけではない。条件を満たした者が複数いれば、その中から最も優れた伴侶を迎えた者こそが後継者に相応しいと認めよう。期限は、一年だ」

「——……どんな厳しい条件を出されるかと思えば……随分予想外です」

感情の籠もったリュミエールの言葉は、心底本音に違いない。まさかこんな条件を提示されるとは、彼だって夢にも思わなかったはずだ。

他の男たちも同様なのか、固まったまま動かなかった。

——結婚……リュミエール様が？　え、でも待って。リュミエール様は表向き、女性ということになっているんですけど？

ただ婚姻の事実を作るだけなら、何とかなるかもしれない。けれどどう頑張っても、婿を迎えたリュミエールに赤子が宿るはずはないのだ。何せ彼は正真正銘、れっきとした男性なのだから。

男と男の間に新たな命は育まれない。そんなことは幼い子どもだって知っている。単体生殖はもっと無理だ。人間はそこまで進化していない。

——どう考えても詰んでいるじゃないのっ！

立ったまま気絶しそうな勢いで、アルエットの血の気は一気に引いていった。

◇◇◇◇◇

「クソ爺《じじい》……」

呪詛《じゅそ》を吐く低音で、リュミエールは苛立ちを漏らした。

まさか、こんな事態になるとはまったくもって想定していなかった。次期後継者に選ばれるために厄介な条件を出されることまでは読んでいたが、それは財力や権力を誇示するものだと踏んでいたのに。

次期ルブロン伯爵としての才覚を見せろと言われれば、リュミエールは誰よりも上手くやる自信はあった。しかしこれは斜め上にもほどがある。

――結婚だと？　自分の子どもが相次いで死んで、耄碌《もうろく》したのか？　いや、今日呼び出されたのは、一族の中でもより近しい者だけ……能力や人柄は無視していると考えて間違いない。……結局は『血』を優先したということか……我が子より家が大事なあの男らしい。

リュミエールは普段なら決して表に出さない悪態を、頭の中で撒《ま》き散らした。本当は髪を搔き毟りたいくらいだったが、それはどうにか耐える。

馬車の中、向かいの席にはアルエットが心配そうな面持ちで座っているからだ。

彼女にみっともないところを見せたくない一心で、リュミエールは無様な姿を理性で抑え込む。それでも先ほどの言葉は、しっかりアルエットの耳に届いてしまったらしい。

「あの、なかなか強烈な方たちでしたね……まさにクソ……いえ、ゲフゴフ。……よそ様のご家族に申し訳ありませんが……自分の周りにはいなくてよかったと感じる方々の博覧会のようでした」

「え」

正直すぎる彼女の態度に、リュミエールは毒気が抜ける心地がした。

アルエットが傍にいると、それだけで空気が清浄になる気もする。仮に自分が道を誤っても、指摘してあるべき場所へ引き戻してくれるような強さが、彼女からは感じられた。

それがとても心強くて、リュミエールは胸中に蟠《わだかま》る澱《おり》を吐き出すために深く息を吐く。

「爺……お祖父様が何を考えているのか知らないが、どうせ碌なことではあるまい。大方、大叔父を排除するための措置かな」

「ああ、奥様にはかなり前に先立たれていらっしゃるとか。ご高齢では、再婚してお子様をもうけるのは難しそうですものね……」

本人もそう考えたのか、後継者になるため『結婚をして家庭を築く』条件に一番反対していた。不公平だ、不当だと喚《わめ》き散らし、兄に食ってかかり、それはもう大騒ぎだったのだ。

あの場にいた全員で彼を押さえ込まねばならないほどに。

「ご自分の従者にまで『触るな殺すぞ』と脅して、私は危うく蹴り飛ばされるところでしたよ。勿論、あんな動きの遅い老人にやられるわけがありませんけど」

「……私のメイドに怪我を負わせていたら、腕の一本でも折ってしまったかもしれない」

「またまた、そんな物騒なご冗談を。それより、いったいどうするおつもりですか？　このままではリュミエール様が選ばれるのは絶望的なのでは……養子を貰《もら》う方法もありますが、乳飲み子を実の親から引き離すのは心苦しいですし……」

冗談ではなく本気だったのだが、アルエットには華麗に聞き流された。ヘラッと笑顔で躱《かわ》すあたり、何も響いていないことが窺える。それが、リュミエールには面白くなかった。

――ん？　どうして苛々するんだ？　正直、クソ爺の妄言を思い出すよりも歯痒《はがゆ》い……

だがよく分からない感情に振り回されている場合ではない。

今最優先で考えなければならないことは、ハッキリしている。どうやって祖父の出した条件を満たし、速やかに後継者として指名されるかだ。

「……赤子は手に入れられないこともないが、どこから話が漏れるか分からない。できれば別の手段を探そう」

「ですよね……養護施設にかけ合っても、口が軽い者はどこにだっていますし。だいたいその前にお婿さんはどうするつもりですか？」

「男同士で結婚は無理だろう」

考えただけで眩暈がした。同性愛者を批判するつもりは毛頭ないが、リュミエールはあくまでも異性愛者だ。こんな格好をしていたとしても、恋愛対象は女性だった。

だからと言って、女なら誰でもいいというわけでもなく――

「口の堅い方に代役をお願いするとか……？　いやでもルブロン伯爵様の言い方だと、それなりの地位や財力も必要なんですよね？　貴族のご令息がこんなことに協力してくれるかしら……」

ウンウン悩むアルエットを前にしていると、リュミエールの憂鬱さは更に増した。

誠実な彼女が本気でこちらの心配をしてくれているのは間違いない。必死に知恵を絞り、最善の策を講じようとしてくれているのだ。だがそれは、自分が婿を迎えることを前提としているようにも感じられた。

――面白くないな。アルエットは私に結婚しろと言いたいのか……？　それも男と？

拳を握り締めたせいで、爪が掌に食い込む。その痛みを意識していないと、不要なことを口走ってしまいそうだった。

「――あ、こんな案はどうですか？　ご親族の中で協力者になってくれる人がいれば、その方に婿役をお願いするとか……相手にとってもきっと悪くない取引ですよね？　次期当主様に恩を売れるわけですし！　家の内部の話なら、外にも漏れにくいと思います」

「で、私に嘘でも男同士で婚約しろと？」

腹立たしさが膨らんで、ついきつい口調になってしまった。

リュミエールの不機嫌にアルエットも気がついたらしく、『やってしまった』とばかりに気まずげな顔をする。

そのちょっと焦った様子が無駄に可愛いのが、また苛立ちに拍車をかけた。

「だいたい、私の計略の一端を任せられるほど、信頼のおける男なんて血縁者の中にはいない」

誰も彼も隙あらば甘い蜜を啜《すす》ろうとする。弱みを見せれば、これ幸いと集ってくるのが目に見えていた。仲間に引き入れ、同じ船に乗るなんて以ての外だ。

――『彼女』なら考慮する余地もあったが――

ふと、リュミエールの脳裏に一人の少女の面影が過る。もう何年も会っていないが、彼女は元気だろうか。

三つ年上のハトコ。あの大叔父の孫とは思えない、控えめで聡明な少女だった。

十六歳という若さで他家に嫁ぎ、以降一度も顔を見ることすらなかったが、ルブロン伯爵家の腐った面々の中で唯一まともな価値観を有した、どこか儚げな人。

――最後に会ったのは、私の両親の葬儀か……

二人の死を悲しんでくれた数少ない人間の一人。涙をこぼし、リュミエールにそっと寄り添って。その直後に嫁いでしまったから、あの日はろくに言葉を交わすこともできなかった。

――今はもう何人か子どもがいるかもしれないな……幸せに暮らしてくれているなら、それでいい。

自分と同じように彼女にとってもルブロン伯爵家は生きにくい場所だったに違いない。優しい人であったから、こんな人でなしばかりの世界では、呼吸すらままならなかったのではないだろうか。

――だが仮に彼女……ラリサが近くにいてくれたとしても、協力は頼めないな。何せ表面上は女同士だ。どう頑張っても、私と結婚は無理――

あれこれ考えながら、アルエットを見る。その瞬間、素晴らしい閃《ひらめ》きがリュミエールの中に弾けた。

「――……全てを解決できる方策を思いついた」

「え、本当ですか？」

パッと顔を上げたアルエットが輝く瞳でこちらを見つめてくる。真っすぐな視線を向けられると、不思議とむず痒さがリュミエールの身体に広がった。

「ああ。これならクソ爺……もとい、お祖父様の条件に反することなく、資格を得ることができる」

「そんな夢のような方法が？　すごいです、リュミエール様は頭がいいですね。私では何も思いつきませんでした。いったいどうなさるんですか？」

純粋な称賛が耳に心地いい。もっと褒めてくれと思わなくもない。見え見えの世辞や胡麻すりは気分が悪いが、彼女からの賛辞はこの上なく自分の心を躍らせた。つい口元がにやけるほど。

リュミエールは艶やかに微笑むと、アルエットに手を差し伸べた。

「アルエットと結婚すればいい。君が男装して相手役を務めてくれ。表向きは私が妻で、アルエットが夫。実際には当然、私が夫で君が妻だ。晴れて爵位を継承した暁には本当の性別に戻り、丸ごと解決する」

「——……はい？」

たっぷりとした間を取って、彼女が首を傾げた。

口元は笑みの形を留めたまま。だがアルエットの瞳は如実に混乱を宿していた。

「こんな身近に適役がいて嬉しいよ。あの日の私たちの出会いは、神が与えてくれた奇跡かもしれない」

リュミエールは意識して極上の笑顔を作る。アルエットがこの顔を気に入っていることは、とうに気がついていた。それなら存分に利用するまでだ。

彼女なら男装も似合うだろう。喋りさえしなければ、ある程度ごまかせる確信があった。

考えるほど、これが最高の方法な気がしてくる。

激しい高揚がリュミエールの内側で湧き上がった。

「一年あれば、子どもを授かる可能性も高いな」

「ちょ……っ、私は了承した覚えはありません！」

流石に笑顔一つでは丸め込まれなかったのか、アルエットは首がもげそうな勢いで頭を左右に振った。引っ詰めていた髪が僅かに乱れ、うなじや額に落ちかかる。それが妙に淫靡で、リュミエールの胸が甘く疼《うず》いた。

——ふとした拍子に、彼女は色気を漂わせるから難儀だな……二人きりの時なら問題はないが、これからは気をつけてもらわないと。

自分が勝手に惑わされているとは微塵《みじん》も思わず、リュミエールはどうやって他の男にアルエットの魅力を嗅ぎ取られないようにすべきか思考を巡らせた。

——彼女を手に入れたい。

一度その欲に気がついてしまえば、もう歯止めは利かなかった。しかも『爵位を継ぐため』にも、アルエットが必要不可欠だ。——と自分自身に言い訳をする。

「私を助けてくれないの？」

「お助けしたいのはやまやまですが、ものには限度があります。これはいくら何でも無理です！」

それはそうだろう。交際もしていないのに、いきなり結婚して子どもを産めと言われているのだ。普通の感覚であれば断固拒否するに決まっていた。

仮に立場が逆であれば、きっと自分だって呆れてものも言えなくなる。

「報酬はたっぷり払う。これまでの五倍でどうだ？」

「ご……っ？」

やや心が動いたのか、彼女が瞠目《どうもく》した。それでも身売りはできないと思ったらしく、再び理性を取り戻してしまう。こんな時は、アルエットの立ち直りの速さが恨めしかった。

「お金の問題ではありません。人生がかかっていますもの！」

「悪くないと思うが？　自分で言うのも何だが、金の苦労はさせないと約束できる。家族の面倒も全て見よう」

「そ、それは……正直心惹かれますが、でも駄目です。私には貴族社会に馴染《なじ》むことはできません。リュミエール様にご迷惑をかけるだけです！　貴方の足を引っ張りたくありません！」

最悪の一族を目の当たりにして嫌気が差しているのかと思いきや、彼女が一番気にしているのはそこではないようだ。

アルエットは余計な駆け引きなどしない。人を騙すための嘘もつかない。

誠実で優しい人だと、共に過ごした時間は短くても知っている。そういう人だから、彼女が最も拘っているのがこちらに迷惑をかけるかもしれないことだと悟ってしまった。

「……っ」

頬がかぁっと熱を持つ。何故か鼓動が一気に速度を増した。

手を伸ばせば届く距離に座っているアルエットの顔を見る勇気がない。だが全身全霊で彼女の気配を探る。呼吸音すら、聞き逃さないように。

「……それは、私を憎からず思っていると聞こえるが？」

「えっ、ぁ、いや……違……」

「違うの？」

動揺を押し隠し、あえて潤ませた瞳を瞬かせる。やや上目遣いになってアルエットを見つめれば、彼女は思いっきり赤面した。自分の美貌に、今ほど感謝したことはない。

「ち、違……」

「では私が嫌い？」

「それはあり得ません！　リュミエール様のように綺麗で可愛い方を、嫌いになれるはずがありません！」

――今はひとまずその台詞で我慢しよう。

あまり追い詰めれば、逃げられる予感がした。それなら退路があると見せかけて、自ら選んだのだと勘違いさせた方が効果的だ。そうしてアルエットが気づいた時にはもう檻の扉を閉めておけばいい。

――私が目的達成のためなら、性別すら偽って何年でも人生をかけられる男だと、忘れているみたいだね？

罠を張り、獲物を狩ることは嫌いじゃない。むしろ得意分野だった。

欲しいものがあるなら、手に入れるための準備は怠らない。いくらだって努力できる。

ただ、両親のためだとか己の矜持を守るためではなく、純粋に何かを掴み取りたいと熱望したのはこれが生まれて初めてだった。

自分の中にこんな煮《に》え滾《たぎ》る欲望があったなんて驚きだ。

おそらくアルエットと出会っていなければ一生気づかないままだったに違いない。

リュミエールがにっこりと微笑めば、彼女は怯えつつも肩から力を抜いた。どうやら少々キツめの冗談だと判断したらしい。

——甘いよ。

「とりあえず、試してみよう。私に恋人がいると思わせるだけでも、従兄弟たちには牽制になるかもしれない。そうこうしている間にまた刺客を送ってきて、ぼろが出れば万々歳だ」

「あ……振り、だけなら……」

あからさまにホッとされて面白くはないものの、アルエットの態度が軟化したこの好機を逃す手はなかった。

「私を救うと思って、手を貸してほしい。アルエットにしか頼めない」

「私にしか……」

「ああ。こんな突飛な話、誰にでもできるものじゃない。考えてもみてくれ。もし私が無事爵位を継げたとしても、その時点で偽の婿との婚姻は嘘だと露見する。すると、祖父の条件を満たしていないことを親族が責め立てるだろう。だが『婿』ではなく実際は『妻』ならば、どこに問題がある？」

「大ありだと思いますが……」

頭のいい彼女は簡単には騙されてくれない。しかしそんな強さが余計にこちらの渇望を煽《あお》るものだとは、想像もできないに決まっていた。

「――私一人で戦うのは不安なんだ……味方が、欲しい。アルエットなら信じられる」

「そこまで私のことを……」

「私の背中を預けられるのは、君しかいない。――祖父や大叔父、従兄弟らを見てどう感じた？　率直に答えてほしい」

彼女に傍にいてもらいたい。それと同じくらいリュミエールが欲してやまないのは、共に困難に立ち向かえる強さと賢さを持ち合わせた仲間だ。

人は財産。信頼の置ける頼れる相手は、得難い宝だと知っているから。

「率直に……？　クズだな……と。あ、いいえ、そうじゃなくて――……本当にあの中にリュミエール様のご両親の命を奪った犯人がいるのかな、とは感じました。何と言うか……皆様小者でそこまでの度胸がなさそうと申しますか……」

かなり言葉を選んで、アルエットは言い淀《よど》んだ。

しかしその結論こそ、リュミエールが今まさに聞きたい回答だった。

「――改めて、君しかいないと確信した」

「へっ」

「私もそう思っている。彼らも充分怪しいが、その器ではない――だが無関係でもないと踏んでいる。たぶん、あの場にいた候補者の背後にこそ、全ての手綱を握る何者かがいる」

「え……」

目星はついていたが、今日久し振りに彼らと会って、ますますリュミエールの中では確証が得られた。

自分に対する誘拐騒ぎと両親の命を奪った策略を巡らせたのは、別の人物ではないか。計画の緻密さが段違いだった。

杜撰《ずさん》で雑な誘拐騒ぎは、おそらく従兄弟のどちらかの主導によるものだ。けれど未だ明確な証拠も出ない両親殺害に関しては、闇の中でほくそ笑む『何者か』の気配が感じられた。

「それじゃ……」

「本格的に後継者の選定が始まれば、隠れた敵も表に出てくるかもしれない。裏で操るだけでなく、自分こそがルブロン伯爵家当主に相応しいと名乗りを上げるために。私の予測では、あの三人の誰かと繋《つな》がっている――今度こそ、絶対に逃がさない」

まだ尻尾を見せない両親の仇に、あと少し手を伸ばせば――そんな予感がリュミエールの胸に広がる。

逸《はや》る気持ちが暴走しそうになった刹那、強く握っていた拳にアルエットの手が重ねられた。

すると、とぐろを巻いていた黒々としたものが、静かに消えてゆく。

彼女を計画に同意させるため語っていたのに、いつの間にか自分はまた憎しみに囚われていたのだと気がついた。同時に、触れ合う肌から伝わる温もりに癒やされていることも。

——ああ……アルエットはいつも私を正しい道へ立ち返らせてくれる……

「……すまない。取り乱した」

「それは、構いません。でもリュミエール様が苦しそうなのは、私も辛いです——」

もしも次の瞬間馬車が停まらなかったら、リュミエールは彼女を抱き寄せてしまったかもしれない。

いや、本当はずっとそうしたかった。

強い意思を宿した瞳を見つめ、言い訳を用意せず唇に触れてみたい。指先ではなく自分自身の唇で。茶色の髪を梳《す》いたら、いったいどんな感触がするのか——考えるだけで体内が甘く疼いた。

どうにか踏み止まれたのは、御者の「到着しました」という声がかけられたから。それと重ねた手を解きたくなかったせいだ。

「……私が協力できることはします。『振り』でしたらいくらでも！」

ニッコリと笑い、馬車を降りるためにアルエットが身を起こした。

彼女の温もりが去らない手の甲へ、リュミエールは名残惜《なごりお》しく視線を落とす。

十三歳の時に父母を奪われ、それ以前から母に対する差別、父に対する横暴を目の当たりにし、ずっとルブロン伯爵家への恨み辛みを糧にして生きてきた。いつか選民意識に凝り固まった彼らに復讐しようと。

それはリュミエールの原動力でもあったけれど、逆に言えば他には何も見えていなかったのかもしれない。現に、初めて抱いた強烈な執着心や独占欲を処理しきれず戸惑っている。

すっかりアルエットの熱が消えた手を握り、リュミエールも馬車を降りた。

複雑な感情は持て余している。けれど本当に欲しいものができたことは、自覚せざるを得なかった。

4　男装の麗人は難しい

アルエットとリュミエールの雇用契約の書き換えは、迅速に行われた。

これからはメイドと主ではなく、結婚を前提とした偽の恋人同士ということになる。

それに伴い、アルエット・ファイナというメイドは退職し、新たに男装したアルエットがリュミエールの屋敷へ出入りすることとなったのだが。

「一緒に暮らす必要はなくありませんかっ？　そろそろ私も、家に帰りたいのですが！」

「その道中、君が狙われたら困る。私の結婚を阻止するために、向こうが何を仕掛けてくるか分からない。それ以前に――アルエットの素性を知られたら大変だ」

「それはそうですけど……もうふた月もろくに家族の顔も見ていないんですよ？」

手紙のやり取りはしていても、心配が尽きない。店は繁盛しているそうだし、家庭内で困っていることはなく、むしろいい生活をしていると弟からご機嫌な報告をされていても、だ。

「もう少し、辛抱してほしい。せめて君の安全が確保されるまで」

「それって、リュミエール様のお祖父様がおっしゃっていた一年後とかではありませんよね？」

当主が出した期限は一年だ。まさかそれまでこの屋敷に軟禁されるのかと、アルエットは恐れ慄いた。

「まさか。私だってそこまで鬼畜ではない。いずれ時期を見て、ご家族に会わせることは約束する」

――えっ、そこは『家に帰らせると約束する』じゃないの？

余計に不安が膨らみ、アルエットは身じろいだ。その際未だ慣れないズボンの感触が腿を撫で、自分が男装であることを思い出す。

偽の婚約者を演じるにあたり、避けて通れないのは性別を偽ることだ。そこでアルエットは早速男物の服を身につけ、できるだけ長い時間を過ごすことにしたのだが。

「こんな格好をしただけで、本当に大丈夫でしょうか……」

髪を一本に縛り、男性に見えるよう化粧もしている。それに最近は立ち居振る舞いのレッスンを受け、『男らしい所作』を心がけていた。それでも不安は尽きない。

ちなみに二人きりの室内で、リュミエールもシャツにズボンという軽装をしている。彼は他者の目がない時にだけ、たまにこうして女装をやめているらしい。

「まだ練習の必要はあるが、アルエットは見事に男を演じられていると思う。君はよく頑張っている。私の目から見ても、立派な好青年だ」

「そうおっしゃっていただくとホッとするような、複雑なような……」

正直、複雑な気持ちの方が若干大きいことは、あえて無視した。自分でもメイド服よりも凛々しい男装の方が似合っていると、薄々気づいていたためだ。好きと似合うは、残念ながら別である。

「納得していないようだね。なら、どうしたらアルエットの不安を払拭できる？　私にできることなら、何でもする」

それなら願いは一つ。『今すぐ家に帰らせてくれ』だが、口にしても叶わないことは既に分かっていた。ならば少しでも早く問題を解決し、晴れて契約解除に至るのが、一番の近道だろう。

しばらく考え、アルエットはおもむろに口を開いた。

「でしたら……私と力比べをしませんか？」

「力比べ？」

「はい。私の弟たちがよくやっているんです。肘をついた状態で互いの手を正面から握り合い、左右どちらかに倒して力自慢を競う遊びです。我が家では家族全員でやることもあるのですが、私は父にだって負けません。ここはリュミエール様に勝つことで、自信を取り戻したいと思います」

「……そんなことでいいの？」

怪訝そうな顔をした彼は、心底意味が分からないと言わんばかりに瞬いている。ひょっとしたら、庶民と違い、貴族はそんな遊びはしないのかもしれないと思い至り、アルエットは少々慌てた。

「あ……馬鹿なことを申し上げました。忘れてください！」

「いや、馬鹿とは思わないが……アルエットは家族でそういった遊びをするの？」

「うちだけではないと思いますが……まぁ、取っ組み合いの喧嘩もよくしますよ」

口にすると、何だか随分野蛮な一家だと宣言している気分になった。それが恥ずかしくて、頬がじわりと熱を持つ。やはり発言を撤回しようとアルエットが息を吸い込んだ時。

「……羨ましい、な」

「え？」

ポツリと落とされたリュミエールの呟きに目を丸くした。

「とても、楽しそうだ。喧嘩と言っても、私の一族のような冷たい嫌みの応酬ではないのだろうね。むしろ仲睦《むつ》まじさを感じる」

「それは……本音を隠して遠回しに攻撃する語彙力がないだけかもしれませんが……」

「是非してみたいな、力比べ」

まさか彼が乗り気になるとは思っていなかったので、驚いた。だが先ほどアルエットが説明した姿勢をとったリュミエールが、期待に満ちた瞳で待っているではないか。こうなっては、今更やりませんと言えるはずもない。

「ほらアルエット、早く」

「は、はい」

仕方なく、アルエットは向かい合って座った状態で机の上に肘をつき、彼の手を握った。

女としては、大きくて柔らかみに欠ける己の掌。それがより大きな手に握り返される。

——あ……やっぱり大きい……——リュミエール様は間違いなく男性なんだ……

至近距離で視線が絡む。今更ながら、近すぎる距離と手を握っていることを意識して、急に鼓動が疾走した。まるで彼の瞳に吸い込まれそう。逸らされない目線が異様に熱い。リュミエールがふっと唇を綻ばせるまで、アルエットは瞬き一つできなかった。

「何か合図をして、勝負が始まるの？」

「は、はい。同時に力を入れて……」

結論から言えば、この力比べはアルエットの惨敗だった。

何故か上手く力が入らず、あっさりとリュミエールに腕を倒されてしまったからだ。それでも力んだせいか、顔が熱い。いや、全身が火照って仕方なかった。

「——あ、しまった。これはアルエットに自信をつけてもらうための勝負だったのに。もう一度やる？」

「え、ぁ、いいえ。手加減していただいても、意味はありません」

「そう？　でも楽しかったから、またいつかやってみたいな。アルエットの弟たちと勝負しても楽しそうだ」

だがきっと、そんな日は永遠に来ない。分かっている。けれどアルエットの頭は勝手に想像の羽を広げるから厄介だった。

もしもの未来を思い描く。目的が達成されれば二度と会わない人に決まっているのに、今後もこんな時間が二人の間に流れたら、どんなに素敵なことだろう。そんな願うことすらおこがましい夢を見たくなった。

──変なことを考えちゃ、駄目……

己を戒めなくては。そうしないと分不相応な望みが膨らんでしまう。だからリュミエールが書面を差し出してきたことで、アルエットの思考が断ち切られたのはちょうどよかった。

それが新しい契約書らしい。

「全部読んで、これにサインを」

「は、はい……」

言われるがままざっと文章に目は通したが、正直全て理解できたとは言い難い。やはり、こういった書類は言い回しが堅苦しく独特なので分かりづらいのだ。それに今は、頭がポヤポヤして、上手くものを考えられなかった。

「あの、すみません。以前よりは意味が汲み取れるのですが、やっぱり要約してくださいませんか？」

リュミエールに口頭で説明された方が頭に入りやすい。そう思い、アルエットは彼に願い出た。リュミエールがこちらをじっと見つめたのは、瞬き一つの間。それから彼は大輪の花が綻ぶのに似た笑みを浮かべた。

「……喜んで。大事なところだけを掻い摘んで教えてあげよう」

「助かります！」

この時、アルエットは自力で契約書を読み込まなかったことと、リュミエールがどこか意味深に微笑んだ理由について深く考えなかったのを、数日後に後悔することになる。

それも、男装した自分が、女装した彼にベッドで押し倒されるという倒錯的な状況で。


「——ちょ……っ、これはいったい……!?」

時刻は二十時近く。蜜月の恋人同士を装うため夕食を共にとり、リュミエールをアルエットが部屋までエスコートした直後に事件は起きた。

邸内で、二人は仲睦まじい婚約者と認識されている。既に同じ屋根の下で暮らし、既成事実を積み上げている状況。噂は瞬く間に社交界に広がっていることだろう。

メイドとして働いていた同僚にアルエットの正体がまったくバレないのが、いささか納得がいかないけれども。今のところ、『男装して偽婚約者を演じる』のは、大成功を収めていた。

「君は想像以上の働きをしてくれている。流石はアルエットだね」

「それ、この体勢で言うことですか……っ？」

働き振りを褒めてくれるつもりなら、普通に椅子に座って会話したかった。百歩譲って他人の目を欺くために二人きりになる必要があるとしても、ベッドの上に横たわる理由にはならないはずだ。

見上げた先には輝く美貌の美少女。――否、男にしか見えないリュミエールが嫣然《えんぜん》と唇を綻ばせていた。

「君は男装がよく似合う。だけど一日でも早く綺麗なドレスも着せてあげたいな」

「お、お気持ちはありがとうございます」

熱の籠もった眼差しに射貫かれ、呼吸が乱れた。彼の黄金の髪が帳のようにアルエットに落ちてくる。美しい煌めきは、優美な檻のようにも感じられた。

「男の振りをして暮らすのは慣れた？　困っていることがあれば、教えてほしい」

「えっと……たまにリュミエール様が外出される際に同行するだけなので、大した苦労はありません。――そんなことより、す、座って話しませんか？」

アルエットの任務は屋敷内に間者がいることを想定し、彼と食事を共にして部屋へ出入りすることのみだ。結婚秒読みの相手がいる――と周囲に匂わせるために。

必要な衣装は全て用意されているので、当座に困っていることは一つもない。

今現在、こうしてとんでもない危機に陥っていること以外は。

「どうして？」

「あ、当たり前じゃないですかっ、こんな破廉恥な……っ、冷静に会話もできませんよ！」

「話ならできるよ。言いたいことがあればちゃんと聞く」

耳を傾ける素振りをしながらも、リュミエールの手が妖しく蠢《うごめ》いた。アルエットの首筋に触れたかと思えば、そのままクラヴァットを解かれる。見せつけるようなゆっくりとした動きから、アルエットは目が離せなくなった。

——何故、こんなことに……っ？　さっきまで普通の雰囲気だったじゃない……！

「な、何で私のクラヴァットを解くのですか」

「ん？　息苦しいかな、と思って」

「だ、だったらシャツのボタンまで外さなくてよくありませんかっ？」

流れるような動作でアルエットの身につけているシャツのボタンが外されてゆく。ジャケットは、とっくに脱がされて床に放り出されていた。

「待って！　待ってください、おかしいですよねっ？」

「何もおかしくないよ」

説得力のある顔をして、堂々と嘘をつくのはやめてほしい。つい、惑わされそうになる。

アルエットの抵抗する手が鈍った隙に、彼の手がこちらの鎖骨を撫った。

「ひゃ……っ」

未だ欠片も状況が呑み込めない。

契約書を作り変えて数日間は、至極順調だった。メイドとして働いていたアルエットと、新しく現れた男——偽名はディラン——が同一人物だと疑念を抱く者もなく、拍子抜けするほどアッサリ、リュミエールに恋人ができたのだと周囲には認識された。

多少は『誰か気づけよ』と思わなくもなかったが、この際それはもういい。

一人くらいディランが女であると見抜いてほしかったなんて、考えてはいけないことだ。

そんなこんなで、そろそろ敵方にも情報が伝わっているはずだとアルエットは日々気を張っていたのだが——身内に強敵がいるなんて、いったい誰に想像できただろう。

まさかリュミエールがこんな暴挙に出るなんて予想外だ。冗談にしては質《たち》が悪い。

さらしを巻いた胸に彼の掌が置かれ、アルエットは羞恥で爆散するかと思った。

流石にここまでされれば、どういう意図が込められているのかは察せられる。男女の駆け引きに慣れていなくても、アルエットだって一応二十歳を過ぎた女だ。貞操の危機には敏感だった。

「こっ、こっ、こんなことは契約外ですよ！」

正直に言えば、思いきり足を蹴り上げればリュミエールの身体の下から抜け出せるかもしれなかった。彼がこちらを押さえつけてくる手には、本気が感じられない。

もし力尽くで女をどうこうするつもりなら、もっと容赦のない力を加えてくると思う。それなのに、アルエットに覆い被さりながらも、リュミエールは体重をかけないよう気遣ってくれていた。更にはこちらの手首を拘束する力も痛みを感じるほどではない。

全力で抗えば逃げられる。そんな余地は残されていた。

だからなのか、余計に躊躇ってしまう。

こうして押し倒されたことで、彼の体軀にはほどよい筋肉がついているのがまざまざと伝わってきた。決して貧弱な身体ではない。

おそらくやろうと思えばアルエットを思い通りにするのは造作もないはずだ。だがそうしない彼の選択が、アルエットを殊更戸惑わせた。試されていると感じるのは、思い違いか。

「——残念。契約条項には盛り込まれている。後でよく確認してみるといい」

「……へっ」

悪魔の微笑はかくあるべきと感じる笑みが視界一杯に映り、アルエットは目を見開いた。

どういうことなのか。まったく意味が分からない。

唖然として固まっていると、リュミエールが器用にも片手で自らのドレスを脱ぎだした。

こんな日に限って一人でも着脱しやすいシュミーズドレスだ。それとも、この服を選んだ時点で計画は始まっていたのか。

「ひゃ……っ」

露になった男の上半身に目が釘づけになる。見てはいけないと己を戒めようとしても、彫像の如き肉体の持つ吸引力には抗えなかった。

——な、何て綺麗な……っ
女装しているリュミエールからは乏しい『雄の匂い』が香り、クラクラする。ドレスを脱ぎ去っただけで、もう彼を美少女だとはとても思えなくなった。

滑らかでやや固そうな肌は、完全に男性のものだ。鋭角的で逞しい骨格が感じられる。むしろこれまで、どうやって隠してこられたのか疑問なほど。

言葉もなく凝視してしまったアルエットに、彼は嫣然と微笑んだ。

「……よかった。一応私を男と認識してくれているみたいだ」

「そっ、そんなこと今はどうでもいいです……！　もっと重要なことが他にありますよね？　以前、リュミエール様は主従関係であっても契約に盛り込まれていないことは断っていいと教えてくださいました……！」

アルエットがメイドになる際、立場の弱い下の者を守るため、契約書を交わす重要性を彼が説明してくれた。

そういった概念もなかったアルエットは、新鮮な驚きを嚙み締めると共に、『何て公正な人なのだ』とリュミエールへの尊敬が更に募ったのだ。

「ご自分がおっしゃったことを反故にするのですか？」

「そんな卑怯なことはしない。勿論、身分を笠に着てアルエットに非道な真似を強いるつもりもない」

「だったら……！」

「先日更新した契約では、君は私の正式な伴侶になると記されているよ。大事な書類は隅々まで目を通すように教えたはずだけど？」

人間、驚きすぎると声も出なくなるものらしい。

目も口も全開にして、アルエットは硬直した。その隙にズボンを脱がされたことにも気づかないまま。

残る身を隠してくれる布は、下着とさらしだけ。

肌に触れるシーツの感触で我に返り、大慌てで身を捩った。

「いったん、いったん落ち着きましょう！」

「それはこちらの台詞だ」

「リュミエール様が要約してくださった内容に、そんな条項は含まれていませんでした！」

あの時も彼は懇切丁寧にアルエットに説明してくれ、疑問にも答えてくれた。しかし正式な伴侶云々《うんぬん》は初耳である。

まかり間違って聞き逃したのかとも思ったけれど、そんなことはあるまい。

言ってみれば、とても大事なところだ。いくら高額の報酬に目が眩み気味だったとしても、己の人生に関わる重大事を聞き漏らすとは考えられなかった。

「私はきちんと伝えたよ？　『大事なところだけを掻い摘んで教えてあげよう』とね」

「大事な部分がおかしくありませんかっ？」

そこは省いてはいけないところのはずだ。あえて避けたのだとしたら――騙されたのも同然だと思った。

「ず、狡《ずる》いです」

「契約の大事さはアルエットも知っているだろう？　あの時、私の言葉を鵜呑みにして、確かめもせずサインしたのは君自身だよ。私は全部読むよう勧めたはずだ」

「……っぐ」

記憶を掘り起こしたアルエットは、言葉に詰まった。まさにその通りだったからだ。

どんな言い訳を並べ立てても、自分は横着をしてリュミエールに言われるがまま従ってしまった。他の道を提示されていたにもかかわらず、選択したのは己自身だ。

誰に非があるか問われれば、確実にアルエットの方だった。

何せ彼はあの時詭弁を弄したわけではない。ただ、言わなかっただけ。そしてアルエットは確認しなかった。落ち度があると責められるべきは、完全に自分の側である。

「い……今からでも撤回は……」

「断る。そのつもりは毛頭ない」

いっそ爽やかとも言える清々しさで拒否され、アルエットは無為に唇を開閉した。

気持ちの上では詐欺に遭ったようなものだが、仮にどこかに訴え出てもこちらが負けるのは目に見えている。皮肉にも、リュミエールが教えてくれた知識によって。

その上、こんなに強引な真似をされても、嫌悪感を抱いていないアルエットがいた。

自分を組み敷いてくる彼の双眸には、ただ一人の女しか映っていない。熱の籠もる眼差しに、己の下腹が不可解に疼き出す。

甘い痺れは、あっという間に全身を巡っていった。

「――だけど、君を傷つけたくもない。本当に嫌なら、私を突き飛ばして逃げてほしい」

選択はアルエットの手に委ねられた。

だがもしも今リュミエールを拒めば、きっと二度と彼は自分を求めてはくれないと思う。

数多《あまた》の偶然と奇跡によって繋がれた関係は途切れ、永遠に交わることもないだろう。

元来、立場も生きる世界もまるで違う二人が出会うことすらあり得なかったのだから。

「わ、私は――」

どうしたいのか。未だ激しく動揺していて、正しい答えが導き出せない。いっそ危険な大立ち回りを演じている方が、よほど気が楽だった。

何も言えない間に、緩められたさらしが下にずり下ろされる。

露にされたアルエットの乳房は、小振りではあるものの形よく、頂が赤く色づいていた。

「――可愛い」

「み、見ないでください……っ」

「それじゃ、触っていい？」

「えぇっ」

返事をするよりも早く、生温かい彼の口内に片胸の先端が含まれた。

「駄目……っ」

ゾクッと感じたことのない愉悦がアルエットの背筋を駆け上った。それは甘美で理性を脆《もろ》く壊してゆく。

息を吸おうとして開いた口からは、淫らな喘《あえ》ぎが漏れただけだった。

「は……ぁんっ」

「アルエットの肌はすべすべで、ずっと触れていたくなる……」

「んん……っ、息、擽ったいです……っ」

唾液で湿った肌に滾る吐息が降りかかると、得も言われぬ快感が生まれる。初めての性感で涙が滲んだ。

「そんなに……嫌？」

「い、嫌かどうかよりも、私は平民です。とてもリュミエール様の隣に立てる身分ではありません……！」

咄嗟に口をついたのは、それが紛れもなくアルエットの本音だったからだろう。

考える前に言葉は勝手に飛び出していた。

自分にとって、最も引っかかっていること。それは後継者になる条件を満たすため彼に選ばれたとしても、その先が不透明すぎる点だった。

仮に計略が全て上手くいって、全部終わったとしたら、その時アルエットはどうするべきなのか。

リュミエールの性格上、簡単に自分を切り捨てはしないだろう。それでも世間や貴族社会が、平民出身のアルエットが名門貴族の奥方に納まることを許してくれない。

その時彼はアルエットを傍に置いてくれるのか——

——愛されて求められているわけでもないのに……

利用価値がなくなれば、おそらくアルエット自身がリュミエールの隣にいることが苦しくて耐えられなくなる。辛さを抱えてしがみついていたくはない。まず間違いなく、自分は離れることを選ぶ気がした。

——でも、もしもその時、二人の間に子どもがいたら……？

刹那の間にそんなことまで考えて、アルエットはハッと息を呑んだ。

——私……具体的に未来を思い描いている……

それも彼を拒んでこの場を切り抜けた後のことではなく、リュミエールを受け入れた先のことを。

——ああ……私、この人のことが……——好きなんだ……

唐突に悟った答えが、ジワジワと全身へ広がってゆく。それは一度思い至れば、あまりにも当たり前の事実として胸に落ちた。

彼が、理想通りの美少女だからではない。守ってあげたい庇護対象だからでもない。一人の男性として想《おも》っている。胸の奥、一番脆く大事な部分に、ただ一人の人としてとっくに刻まれていたのだ。

全身から力が抜ける。

アルエットが抵抗の意思をなくしたことを察したのか、リュミエールが淡く笑った。笑顔にも、自嘲にも見える、曖昧な表情で。

「……後悔させないよう、大事にする」

口づけは、苦くもあり甘くもあった。まるで契約の証に感じられながらも、幾度も啄《ついば》まれ、誘う動きで食《は》まれれば、官能が呼び覚まされる。

アルエットにとって生まれて初めてのキスは、身体だけでなく心も掻き乱されるものだった。

「……っふ……」

「息を止めずに、唇を開いて」

言われるがまま従ったのは、他にどうすればいいのか分からなかったせいだ。

息苦しくて滲んだ涙を優しく拭われる。リュミエールの指先は、そのまま目尻を辿りアルエットの耳朶を摩《さす》った。

「……や、擽ったいです……」

「じゃあここは？」

「んぁっ……」

首筋を甘噛みされて、肌が彼の呼気で温もった。今は触れられていない乳房の飾りがジンジンと疼いて堪らない。

淫らな欲求が口をつきそうになり、アルエットは懸命に唇を引き結んだ。

本当は触れてほしい。頬や瞼を撫でられるのも気持ちがいいが、もっと鮮烈な快感が得られる場所を弄ってほしいとこぼしそうになる。

だが恥ずかしいことは言いたくない。口を開けば愚かな言葉を漏らしかねず、アルエットができるのは身を固くすることだけだった。

「アルエットが辛くなることは極力したくないから、どこをどうしてほしいのか、できれば教えてほしいけど――」

「や……っ」

キュッと乳嘴《にゅうし》を摘まれ、思わず甘い声が出た。

自分で触っても何も感じないそこが、ひどく敏感になっている。じっとしているのも困難で、アルエットが膝を擦り合わせると、リュミエールの指先が腹を辿り下へ移動した。

「あ……っ」

唯一肌を隠してくれていた下着が取り払われる。生まれたままの姿にされ、顔が火を噴くかと思った。

燃え盛る双眸に見下ろされている事実が、どうしようもなく恥ずかしい。けれど彼に見られていると思えば、昂《たかぶ》ってしまうのも本当だった。

「髪、解くよ。そのままだと痛そうだから――」

言われて初めて、後頭部で縛った髪の結び目が枕に圧迫されていることに気がついた。繊細な手つきで頭を撫でられ、小さな痛みはたちまち疼きに変わる。漏れ出た吐息は、艶を帯びていた。

――強引なのに、こんな時でも私のことを気遣ってくれている――

締めつけられる胸の痛みの種類は、よく分からなかった。嬉しいのか、切ないのか。あるいはそれら全部なのか。全てがごちゃごちゃになって、判断できない。

それでも結び紐の端を引っ張られ、束ねていた髪が解かれると、頭部に感じていた違和感と共に胸の重石《おもし》が消えていった。

今この瞬間だけは、好きな人が自分を見つめてくれている。

思惑があるのだとしても、リュミエールは最初からある意味誠実だった。彼自身の目的や考えを隠すことなく教えてくれていたではないか。

本当なら説明せずただ命じれば済む立場だったのに、アルエットに正直に胸の内を明かしてくれた。その上少なくとも今、リュミエールを押しのけないと決めたのは自分自身だ。潤む瞳で彼を見つめているのが、答え同然。アルエットの身体はとっくに回答を出していた。

「アルエット……」

再び唇が重なる。今度は抗うことなく、アルエットは少しだけ唇を開いた。その狭間からリュミエールの舌が忍び込んできて、口内を擽られる。

歯列を辿り、内頬を探られ、舌同士が絡まり合う。

どの動きも生まれて初めて味わうものなのに、込み上げる喜悦が絶大すぎて『もっと』と求めたくなった。

頭の中がふわふわし、冷静ではいられない。指先まで火照り、体温が際限なく上がってゆく。

今の自分たちは、それぞれ本来の性別にしか見えなかった。互いに裸身を晒しており、ごまかすものが何もない。

いくら『振り』をしても、限界はあるのだと思い知った。

これまで色々な人に『アルエットは並みの男性よりも男らしい』『男と言っても通用する』などと言われてきたが、本物には到底及ばない。

見比べてみれば一目瞭然《いちもくりょうぜん》だ。リュミエールだって美しくはあっても、女性とは絶対的に違った。

身体の線も、醸し出す空気も。皮膚の硬さ、喉仏の有無、力強さ。それらがまざまざと突きつけられる。

どちらの方が優れているとか素晴らしいという話ではなく、違っていていいのだと、アルエットの胸に滲んだ。

己が『女』であることを、こんなにも明確に自覚させられたのは初めて。けれどそれが不思議と心地いい。絡んだ視線が熱を帯び、蕩けるような気分になった。

「可愛い、アルエット」

おそらくアルエットにそんな言葉をくれるのは、両親以外には彼のみだろう。きっとこの先も、現れるとは思えない。

格好いい、逞しいなどの称賛に慣れた身としては、いささか恥ずかしくもあり落ち着かなくなる。それでもリュミエールの唇から囁かれると、途端に媚薬《びやく》めいた効果を発揮した。

微かに戸惑いが鳴りをひそめ、欲求に素直になれる。

髪を撫でてくれる手に身を任せ、乳房を揉まれて吐息が乱れた。

「……ぁ、あ……ッ」

彼の手がアルエットの内腿へ忍び込む。柔らかな肉を撫で上げながら上昇し、秘めるべき脚のつけ根へ到達した。

そこは先ほどから奇妙な疼きが治まらない箇所。

自分で触れるのは、入浴の時くらいだ。だがリュミエールの指先が下生えを掻き分けた瞬間、アルエットは背筋を震わせずにはいられなかった。

「ひゃ……っ、ぁ、あ……ッ」

爪先まで鮮烈な刺激が走る。とても口を閉ざしてなんていられない。勝手に漏れ出た声は、紛れもなく艶を孕んでいた。

「そこ……っ、駄目……！」

「ああ、もう濡れている。心底嫌ではないみたいで、安心した」

「ぬ、濡れ……？」

年頃な上、下品な話も日常的に飛び交う王都に住んでいれば、経験はなくてもそれなりに耳年増にはなる。

だから、女の身体が変化することもアルエットは知っていた。それでもいざ自分自身がそうなれば、『聞いたことがある』のと『理解している』のはまったく別ものなのだと悟る。

疼く身体に愛しい人が触れると、淫らな渇望が大きくなることまでは、誰も教えてくれなかった。

花弁の縁を辿られただけで全身が戦慄き、掠れた嬌声が喉を通過する。

力の籠もった両脚を左右へ開かれれば、アルエットの頬はもはや発火しないのが不思議なほどの熱を帯びた。

現実を直視する勇気はなく、自らの手で顔を覆う。掌も同じくらい発熱していた。

「恥ずかしい……っ」

「美味しそう」

「え……？　ひ、ぅっ」

内腿やあらぬ場所にリュミエールの呼気を感じ、指の隙間から状況を窺う。だが次の瞬間、アルエットは『見なきゃよかった』と心の底から後悔した。

極上の美貌を持った彼が、アルエットの股座《またぐら》に顔を寄せている。

それだけでも頭が爆散するほど恥ずかしいのに、何とリュミエールはアルエットが見ていることに気づいたのか、こちらに視線を寄越し、ニヤリと口角を上げるではないか。

まるで『よく見ておけ』と言いたげに、淫靡な流し目までつけて。

「な、な、な……っ」

更に赤い舌を見せつけながら、アルエットの太腿を抱え直した。

「んぁッ」

身を翻して逃げようとしても、もはや手遅れだった。

存外力強い腕に阻まれ、身を捩るのが精々。そうこうするうちに彼の舌がアルエットの秘裂に触れる。隠れていた淫芽は易々と探り出され、尖らせた舌先で押し潰された。

「ひ……ぁああッ」

爆《は》ぜる快楽が末端まで駆け巡る。気持ちがいいなんて言葉では言い表しきれない。凶悪なまでの悦楽が、アルエットの体内に響いた。

淫蕩《いんとう》な水音が自分の身体から奏でられているなんて、信じられない。だがリュミエールの舌が蠢く度に、新しい喜悦が膨らんだ。

頭を埋め尽くす快感で、思考力が鈍麻する。アルエットはいやらしく喘ぐことしかできず、もがく踵《かかと》がシーツに皺を刻んだ。

「んっ、ぁ、あッ、やぁあっ」

二度三度、爪先が痙攣《けいれん》する。腰は勝手に浮き上がり、意思に反して自ら淫らな秘裂を彼の顔に押しつけている形になった。

——おかしくなる……っ
花芯を口内で扱かれ、吸い上げられる。歯先で甚振られれば、めくるめく快楽にアルエットの全身が粟立った。一気に肌は汗ばんで、愉悦が折り重なってゆく。

何もかも初体験のアルエットは涙目でリュミエールに懇願した。

「駄目……っ、も、やめてください……っ」

「本気で言っている？　こんなにびしょ濡れになっているのに」

「ひぅ……っ」

テラテラと濡れ光る口元を拭った彼が、嗜虐《しぎゃく》的な光を湛えた眼差しでこちらを射貫いてきた。本気で喰らわれそうな錯覚が、アルエットの興奮を駆り立てる。

いつもなら力で押さえつけられるのは嫌いなのに、今日は腕力の差を感じてドキドキした。

刹那、陰唇から生温《なまぬる》い滴が溢れる。

それは卑猥な期待を示したもの。リュミエールに貫かれることを想像しているのを知られたくなくて、アルエットは膝を擦り合わせようとした。けれど脚の間には彼がいる。

こちらの僅かな動きから何かを察したらしく、リュミエールが淫蕩な笑みを深めた。

「……同意と見做すよ」

「待って……！　ぁ、あんっ」

何物も受け入れたことのない隘路《あいろ》に、彼の舌が差し込まれた。肉厚で少しざらつくそれが、内壁を擦り立てる。初めての異物を排除するためなのか、蜜襞《みつひだ》が騒めいた。

「ひ、ぁああ……ッ」

リュミエールの高い鼻梁《びりょう》が花芽を押し潰す。蜜路を犯す舌は、より大胆に蠢いた。狭い淫道を抉《こ》じ開《あ》けられ、愛蜜とは違う体液で濡らされる。

時折じゅるっと啜られ、それもまた被虐的な歓喜になった。

「あああッ」

アルエットの眦《まなじり》を生理的な涙が伝う。

四肢が強張り、何かが来そうな予感に襲われた。それを味わってしまえば、きっともう戻れない。根底から作り替えられる予感に慄き、捩った身体は真上から押さえ込まれた。

今や大きく開脚させられ、秘すべき淫裂を晒しているも同然。無防備な蜜口にむしゃぶりつかれ、アルエットはなす術《すべ》なく喘いだ。

「んぁあッ……ぁ、あ、あっ」

最後に彼の口内へ花蕾を強く吸い上げられ、あっけなく快感が飽和した。

白い火花が散り、音も光も遠ざかる。引き絞られた手足が強張り、数秒後弛緩《しかん》した。

「……は……」

遠退いていた感覚がゆっくり戻ってくる。聴覚はリュミエールの息遣いを捉え、触覚は濡れそぼった陰唇の火照りを、嗅覚は彼の香りに満たされる。そして視覚はリュミエールの姿を大写しにした。

全てが彼で塗り潰される。他には何も聞こえないし見えやしない。

整わない息の下、アルエットはぼんやりとした眼差しをリュミエールへ据えた。

「……ねぇ、アルエット。これまで君の身体に触れた男は他にいる？」

「そんなもの好き……いるはずがありません……」

嫉妬かと誤解しそうな真剣さで聞かれたものだから、アルエットは思わず馬鹿正直に答えてしまった。彼の食い入るような眼差しに惑わされたのかもしれない。それとも達した直後の倦怠感《けんたいかん》で、頭を使う余裕がなかったのか。

どちらにしても、アルエットの返答に満足したらしいリュミエールが優しく頬を撫でてくれた。

「よかった。もしも以前にいたと言われたら、無事では済まなかった」

「……え、だ、誰が……？」

「ん？　君は知らなくていいよ」

目だけ笑っていない笑顔を向けられても、恐怖心しか湧かない。

まさかアルエットに危害を加えるつもりかと焦ったけれど、触れてくる彼の手からは害意が感じられなかった。だとすれば、妄想の中の『前の男』か。

——それって本当に嫉妬っぽい……いや、そんなはずないんだけど。

これは、あくまでも契約上の関係だ。報酬が支払われる仕事に過ぎない。

それを忘れて溺れてしまえば、辛くなるのは自分だとアルエットは己を戒めた。

——勘違いしちゃ駄目。いつか自分が惨めになりたくないなら、それだけは——

「まだ、狭いな……」

「え。ちょ、待っ……くぁっ」

舌よりも硬く長いものがアルエットの媚肉を掻き分けた。

蜜窟へ押し込まれたリュミエールの指先が、ゆっくり前後しながら奥へ進んでゆく。痛みはない。それでも、異物感はごまかせなかった。

「ぬ……抜いて……っ」

「もう少し解しておかないと、君が痛い思いをするよ。アルエットが辛いことはしたくないって言ったじゃないか。できれば私と肌を重ねることを、楽しんでもらいたい。そしてあわよくば好きになってほしい」

「そんな卑猥なことを直球でおっしゃらないでください……！　こ、こんな淫らな行為を、楽しんで好きになれなんて……っ」

いやらしいにもほどがある。こちとら初心者なのだから、もっとこう遠回しに言ってもらいたいものだ。

そう考えアルエットが首を左右に振ると、彼が微妙な表情をした。

「少し会話が噛み合っていない気がする」

「そんなことな……ひぁッ」

深く押し込まれたリュミエールの指先がアルエットの敏感な部分を抉《えぐ》り、濡れた声が出た。

それだけでは終わらず、下腹が波打つ。身体の奥底から新たな蜜液も滲み、心音が加速してゆくのも分かった。

「ああ……ここが君の好きなところか。沢山、可愛がってあげる」

「リュミエール様、本当に待って……はぅっ」

グチグチと聞くに堪えない水音が掻き鳴らされる。舌では届かなかった場所まで摩られて、先ほどよりも大きな悦楽に苛まれた。

大きな波が再び来る予感がする。先刻より更に凶悪なものが。

「は、ぁ、あああっ……ゃあ、あッ」

髪を振り乱しても、渦巻く快楽を逃すことはできなかった。太腿はブルブル震えている。息をするため喘いでも、卑猥な艶声が漏れるだけだった。

「やぁ……っ、変になる……っ」

「なってもいいよ。むしろ堕《お》ちて」

「ひぁッ」

グリッと腹側を摩擦され、一瞬アルエットの息が止まった。

高みに放り出され、声も出ない。不随意に全身が痙攣した。

愉悦の波は一度では引かず、複数回襲ってくる。それでも彼が手を止めてくれる気配はなく、アルエットは再度絶頂へ押し上げられた。

「も……っ、無理です……ッ」

立て続けに快楽を極め、おかしくなりそう。それなのに肉体は貪欲に悦楽を享受した。

「ぁああ……ッ」

喉を晒し、背がしなる。

汗みずくの肢体がヒクつき、熱くて堪らない。リュミエールの身体も火照っているのか、触れ合った場所から溶け爛《ただ》れてしまいそうだった。

「――そろそろ大丈夫かな」

激しく達したせいで、急激な眠気がやってくる。

疲労感に襲われたアルエットはだから、彼の言葉に一瞬反応が遅れた。

「……ぁっ」

「そのまま力を抜いていて」

両脚を改めて抱えられ、綻んだ花弁に硬いものが押し当てられる。それが何か、分からないほど無知ではない。

男性の欲望そのもの。いくらアルエットが男っぽいと言われていても、決して持ち得なかったもの。

それが女の象徴へ、沈められていった。

「やぁ……っ」

無垢な肉道を抉じ開けられ、指や舌とは比べものにならない質量に慄いた。

到底受け入れられそうもないものがアルエットの体内を引き裂いてゆく。あまりの痛みに、これまでとは別の涙が溢れた。

「……泣かないで、アルエット」

「……だ、だったら、ここで終わりに……っ」

「それは無理。ごめんね」

いったい誰のせいだと詰りたいのに、爽やかな笑顔で打ち返される。しかも最後まで言わせてもらえなかった。

——鬼畜！

視線で人が殺められるなら、今まさにアルエットは殺意を滾らせていたと思う。

だがそれさえリュミエールは華麗に躱し、凄絶な色香を垂れ流して微笑んだ。

「これで君は私のものだ」

「う、ぁ……っ」

咄嗟に『違います』と否定できなかったのは、痛みで意識が飛びかけていたせいだ。決して、歓喜で胸が震えたからではない。

人間は、誰かの所有物にはなり得ない。主従契約を結んだとしても同じこと。

尊厳までは奪えないのだと、教えてくれたのは彼だった。

それなのにリュミエールのものになれたのだと喜ぶのはおかしい。きっと衝撃的なことが起きすぎて混乱しているだけ。

けれど重ねられた手の温もりは、間違いなく幸福感をアルエットに与えてくれた。

「……君の中に私がいるのが分かる？」

「……ッ」

下腹に添えられた掌の真下に、生々しく存在を誇る彼の楔《くさび》が収められていた。

動かなくても、呼吸するだけで傷口を抉られる痛苦がある。

しかししばらくリュミエールがじっとしていてくれたおかげで、段々楽になってきた。

勿論、未だに痛みは消えない。異物感だってずっと続いている。下手をすれば、呻き声が漏れてしまいそうなほどに。

それでも労るように唇と手で腕や脇腹を撫でられて、アルエットの強張りは解けていった。

乱れていた呼吸も平素のリズムを取り戻す。

涙の絡む睫毛を押し上げれば、そこにいたのは奇跡の如く美しい男性だった。

「リュミエール様……」

「うん。でも、私の本当の名前は、リュミエなんだ。今ではもう、誰も呼んでくれないけど……アルエットにだけは呼んでほしいな」

小声で囁かれた言葉に意識の全てが持っていかれた。

筆舌に尽くし難い歓喜が膨れる。何故なら、これ以上の信頼の示し方はないように思えたからだった。

偶然知ってしまった性別の秘密とも違う。共有されたのは、とても大事なもの。

彼の両親が息子に残した贈り物の一つだ。

おそらく他にも彼の本名を知っている人物はいるかもしれない。けれど呼んでほしいと乞われたのは、たぶんアルエット一人だけだ。

それを特別と言わず、何と表現すればいいのか。

あまりの感激に、アルエットは痛みを忘れた。

そんなことよりも、彼の望み通りにしてやりたい。いや、与えられた特権を一刻も早く行使してみたかった。

ただ名前を呼ぶだけ。

それでも本来であれば、許される関係性ではない。あくまでも二人は貴族と平民であり、契約で繋がっているだけなのだから。

重々理解している。だが弁《わきま》えていても、アルエットの唇は本心に忠実だった。

「……リュミエ様……」

「――ありがとう、アルエット」

大輪の花が音もなく開く。目にしたこちらがうっとりとする華やかな微笑に、心は鷲掴《わしづか》みにされた。

——私……この方が、好き。どうせ叶わない想いだとしても、傍にいられる間は求められているものを差し出したい……

奪われるのでもなく、強いられるのでもなく。自らの意思で、アルエットはリュミエに真心を捧げようと思った。

期限は長くても一年。その間だけは自分は彼の伴侶になれる。世間的には婿として。二人きりの時にだけ、妻として。

ツキンと痛んだ胸からは目を逸らし、アルエットはもう一度彼の本名を舌にのせた。

「リュミエ様……他に誰もいない時には、そう呼ばせていただきますね」

「ああ、是非そうしてほしい」

キスは、これまでで一番甘かった。

互いに舌を絡ませ合い、積極的に粘膜を擦り合わせる。淫靡な水音をわざと立て、何度も角度を変えて貪った。

やがて唇がヒリつく頃、リュミエが申し訳なさそうに眉根を寄せた。

「……動いてもいい？　そろそろ限界なんだ」

「あ……」

彼が渾身《こんしん》の理性でもって我慢してくれていたのが分かる。官能的に細められた双眸からも、汗まみれになって上下する肩からも、更にはアルエットの内側にある楔の僅かな変化からも明らかだった。

優しく、けれど苛烈な眼差しに炙《あぶ》られて、こちらの内も外も焦げそうになる。

欲しいと叫ばれている錯覚に陥って、アルエットは微かに顎を引いた。

「……どうぞ。リュミエ様……」

「ごめん。あまり優しくできないかもしれない……っ」

緩やかに、リュミエが動きだす。治まっていた痛みがぶり返し、アルエットは奥歯を噛み締めた。

「ん……っく」

だが、苦痛を凌駕《りょうが》して込み上げてくるものがある。小さな炎だったそれは、瞬く間に大きな快楽の焔に変わった。

突かれる度に腹の奥が疼きだす。揺さ振られれば、見知らぬ悦楽が膨らんだ。

「は……ぁ、あ……ッ」

「アルエット……っ、声が少し、甘くなってきた」

喜色を湛えて彼が囁きかけてくる。肉芽を指で捏《こ》ねられ、曖昧だった愉悦が明瞭な輪郭を得た。

蜜襞を擦られ、内側を掻き回されると気持ちがいい。

奥を突かれればまだ苦しくても、引き抜かれると侘《わび》しさが募った。媚肉の全部がリュミエの剛直を引き絞る。出て行かないで、もっと中にいてほしいと媚びているかのように、甘くしゃぶりついていた。

「んぁッ、ぁ、ああ……ッ、あぅっ」

視界が激しく上下にぶれて、縋《すが》るものを求めたアルエットの両腕は、彼の背中を弄った。

躍動する筋肉が、目を閉じて尚鮮明に感じられる。

鍛え上げられた肢体に、無駄なものは一つもない。リュミエが普段身体の線が出ない服を好む理由が、ようやく今本当の意味で分かった気がする。

背の高さや声の低さより、一目瞭然だ。

彼のこんな姿を目にすれば、女性だと思う者なんているわけがなかった。

――ああでも、偽りではないリュミエ様を知っているのは、私だけなんだ……

何て甘美な秘密の共有だろう。

傍から見れば自分たちの関係は性別が逆転した歪《いびつ》なもの。それも報酬ありきの契約だ。

けれどそこに一つ、『自分だけが知っている極秘事項』があるだけで、無味乾燥なものがこの上なく甘やかな繋がりになる。

心の震えはそのまま、アルエットの肉体にも作用した。

隘路がキュッと収斂《しゅうれん》し、リュミエの肉槍《やり》を扱く。彼が息を詰め、腹に力を込めたのが密着しているせいで伝わってきた。

「……っ、そんなことをされたら、あまりもたなくなる……っ」

「何も、してな……っ、ぁ、あ……ッ」

耳朶を食まれ、軽く歯を立てられる。更に耳孔へは息を吹き込まれて、アルエットの全身が粟立った。

「ひゃ……っ」

むず痒さも喜悦に変換され、指先までざわめきが走った。もうどこに触れられても気持ちがいい。多少乱暴にされても、アルエットの身体は快楽しか拾わなくなっていた。その証拠に、強く最奥を抉られれば、重い衝撃と快感が攻めてくる。

作り替えられてしまったアルエットの肉体は、リュミエの形に馴染み始め、無意識に同じ律動を刻んでいた。

「……ぁ、あ……ゥアッ……ぁんっ」

声も吐息も濡れ、閉じられなくなった口の端からは唾液が溢れた。

涙も止まらず、きっと顔は酷いことになっているだろう。

こんな時でも美しいままの彼を見上げ、アルエットはつい悔しくなった。

頬を赤らめ、凄絶な色香を垂れ流しにしている彼は、いつも以上に麗しい。直視すると目が潰れそうなほどだ。

そんな男が夢中になって自分を求めてくれるのは悪い気がしない。しかし己との落差に仕返しをしてやりたくなるのもやむなしというもの。

アルエットは口づけようとして顔を近づけてくるリュミエの鼻先を軽く噛んでやった。

「……っ？　アルエット、いきなり何を……」

「わ、私だけがやられっ放しは悔しいので……！」

勝負ではないのだから、自分でも何を言っているのかよく分からないが、おそらくアルエットは自分が多少の我儘を言っても、彼に許されるかどうかを確かめたかったのかもしれない。どこまで受け入れてもらえるのか。深い場所へ迎え入れてくれるのか。

平民が貴族に危害を加えれば、問答無用で罰を受ける。

けれどリュミエならば、『特別に』許容してくれる確信があった。他でもなくアルエットにだけ、別の顔を見せてくれたように。端的に言えば、甘えたかったのだ。

「……まったく……この償いはどうしてもらおうか？　とりあえず、今夜は私が満足するまでつき合ってもらうよ」

「あ……っ」

再び腰を動かし出した彼は、先刻よりも明らかに獰猛《どうもう》な顔をしていた。

激しくなった動きが全てを物語っている。

アルエットの乳房に手を這《は》わせ、掬《すく》い上《あ》げるように揉み込んだかと思えば乳頭を捏ねられ、肉芽も荒々しく甚振られた。

「やぁあっ、ぁ、あああ……ッ」

悦楽で頭の中が一杯になる。肉を打つ音が淫靡に部屋へ響き渡った。

軋むベッドが律動の激しさを表している。もし、部屋の外で聞き耳を立てている者がいれば、いったいどう思うことやら。

――たぶん、声の主が逆だと勘違いする。そしてリュミエ様と私――ディランが間違いなく恋人同士だと思うだろうな……

そんなことを想像するとおかしくて、アルエットは笑いそうになった。

だが高まる一方の快楽で、笑顔を作ることもできやしない。

今自分に可能なのは、淫らに泣き喘ぐことのみ。与えられる愉悦に翻弄され、溺れる以外何も許されていなかった。

「あ……ァああッ」

一際荒々しく腰を叩きつけられ、アルエットの思考力は崩壊した。

全身が性感帯になったよう。放り出された頂は、今までで一番高い。

全てが塗り潰される法悦に、四肢が思いきり強張った。

「あぁあああ……ッ」

「……っく」

呻きと共にリュミエが鋭く最奥を突き上げてきて、アルエットの一番奥で楔が弾ける。

熱液が腹の中を叩き、広がるのは奇妙な感覚だった。しかしちっとも嫌ではない。むしろ満たされた心地で、アルエットは彼の背中を掻き抱いた。

「……ぁ、ん……リュミエ様……お腹の中が……熱い、です……」

未だ呼吸は整わない。息をする度に互いの胸が上下して、肌が触れ合った。

彼の顎先から汗が滴り落ちてくることすら、愛おしい。降り注ぐ滴を自らの身体で受け止め、アルエットはうっとりと目を閉じた。

——眠い。

一日中働いてもここまでの疲労感に苛まれたことはなかった。どうにもならないほどの眠気に襲われ、抗うことなくアルエットは夢の中へ転がりかけたのだが。

「駄目だよ、アルエット。私が満足するまでつき合ってもらうと言ったじゃないか。それに散々私を誘惑しておいて、たった一度で終わるとでも?」

閉じていた瞼にキスされ、頬を齧《かじ》られて強引に覚醒させられた。

完全に先ほどの意趣返しだろう。事実、驚いたアルエットが目を見開くと、悪戯が成功した子どものような表情で唇が弧を描いたのだから。

「誘惑なんてしていません……！」

「しているよ。今日だけの話じゃなく、いつだってね。それとさっきの『熱い』発言は、なかなかよかった。君の内側まで私のもので汚せたようで——とても興奮した」

「あ、あやしい発言は慎んでください……」

少々、いやかなり、変態的だ。

アルエットが引き気味になっていると、彼は汗で張りつく自身の髪を乱暴に掻き上げた。

「次回からは私の髪は結んでおいた方がいいな。勉強になった。だが今はそんな時間も惜しい」

「何をおっしゃって……」

前髪の隙間からこちらを見つめてくるリュミエは、あまりにも絵になる。しかしその唇から漏れ出る言葉は、とても他人に聞かせられるものではなかった。

「アルエットを思いきり抱くためには、邪魔だ」

「……っ！」

「いっそ切ってしまいたいが、まぁいい。全てが終わった後の楽しみに取っておこう」

「た、楽しみって……っ、……えっ、な、何だか大きく……っ」

体内に収められたままだった彼の剛直が再び首を擡げていることに気がついて、アルエットは狼狽した。てっきり、もう終わりだと思っていたのに、違ったらしい。

先刻までと同じくらいに質量を増してゆく肉槍は、凶悪としか言えなかった。

「今の発言も、悪くない」

「リュミエ様の判断基準が分かりません……！」

「ではこれから覚えてくれればいい」

「な……ぁ、あッ？」

達したばかりの身体は敏感になっているらしく、瞬く間に快楽の坩堝《るつぼ》に引き戻された。

再びベッドがギシギシと揺れる。

その上で、終わる気配もない淫らな責め苦にアルエットは溺れていった。


——私の人生、波乱万丈にもほどがない？

アルエットは、椅子に座って机に向かい、便箋にペンを走らせながら深々と嘆息した。

家族への手紙には、『まだしばらく帰れそうもない』と綴《つづ》ってある。実際、周囲がきな臭くなってきたこともあり、当分実家へは近寄らない方がよさそうだった。

この世に存在しない男——ディランとして暮らすようになって、早三週間。具体的な危険を感じたことはまだないものの、何かがヒシヒシと迫りくる脅威は覚えている。

リュミエに対する不自然に多くなった茶会の誘い、ディランの素性を調べようとする何者かの影。

前者はリュミエを呼び出してあれこれ聞き出そうとしているのか、それとも行き帰りの道中で何かを狙っているかのどちらかだ。

後者は言わずもがな。リュミエがいち早く後継者に選ばれるための条件を満たしそうで、戦々恐々としている誰かの仕業だった。

だが他の候補者三人も、それなりに活発に動いているらしい。

——まさか一番のご老体が五十近く年下の妻《めと》を娶る予定とは……確実に金と権力にものを言わせた結果でしょ……相手のご令嬢は、没落気味の家門みたいだし……本人が納得していないなら、同情しちゃうな……

当の令嬢が望んでいるなら構わないけれど、選ぶ余地のない選択は、残酷なものだ。望まない相手につきまとわれるのと、そう変わらない。いや逃げ道がない分、もっと悲惨かもしれなかった。

——あのお爺さん、まだ勃《た》……いやいや、下品な想像はやめよう。流石に失礼だわ。

アルエットはペンを握り直し、手紙の続きを考えることに集中した。

——ええっと……どこまで書いたっけ？　ああ、そうそう、男につきまとわれていたお嬢さんに関しては、無事解決したみたいで安心した……っと。まったく、嫌がっている相手に迫ってどうするのよ。余計嫌われるだけじゃない？　そういえば、リュミエ様の従兄弟のテオドール様とヨハネス様も似たようなものよね。

せっかく思考を切り替えたのに、結局すぐにアルエットの考えは元に戻ってしまった。

——一人は望み薄の令嬢に熱烈に求愛して彼女の家に出入り禁止、もう一人は人気オペラ歌手を拉致しようとして失敗するとか……清々しいほどのクズだわ。

勿論どちらの騒動も秘密裏に処理されており、表沙汰にはなっていない。聞くところによると、彼らがこういった騒ぎを起こすのは、初めてではないらしい。

これまでにも何度も、ルブロン伯爵家の名を笠に着て、やりたい放題やってきたようだ。揉め事は金で解決し、人々の口を噤ませて。

何故アルエットがそれらを知っているのかと言えば、リュミエの情報網が尋常ではないからである。

——このままいけば、他は勝手に自滅してリュミエ様の圧勝な気がするけど……きっとそうはいかないよね。だってどう考えてもルブロン伯爵は『愛情で結ばれた伴侶』は求めていない。釣り合う家柄か、さもなければ余計な口出しができない便利な道具でさえあればいいと思っていそう……

おそらく、アルエットの考えは間違っていないだろう。

どんな経緯で結婚したかなどどうでもいい。もっと言うなら、相手の気持ちなんて関係ないのだ。

——貴族の結婚は元来そういうものかもしれないけど……

無機質で、寂しい。互いが思いやりを持ち、家族が支え合って温かい家庭を築くのが当たり前だったアルエットにしてみれば、とても信じられない。

利害関係優先の結婚に、何の意味があるのかと訝《いぶか》ってしまう。

しかしそれこそが、生まれついた身分と世界の違いである気もした。

――違い、か……私とリュミエ様はあまりにもかけ離れた価値観の中にいる……どんなに彼が平民の感覚を捨てずにいようとしてくれても、やっぱり……――いや、湿っぽいことを考えるのはやめよう。それよりもっと大事なのは――

強引に思考を断ち切り、アルエットは紙片を取り出して、視線を落とした。それは今朝、部屋の扉の下に忍ばせられていたものだ。

同じ寝室で眠ったリュミエが目を覚ます前に抜き取っておいたから、彼は気づいていない。

小さなカード状の紙に記された文章は短いもの。『音楽会で待っています』だけだった。

――……これって……

一週間後に開催予定の、ルブロン伯爵家が主催する音楽会のことに違いあるまい。そこには、後継者候補以外の親族も大勢やってくる。

この走り書き自体を実際に忍ばせたのは、おそらくここで働く使用人だ。礼金に釣られたのか、初めから何者かの息がかかっているかは不明だが、この際それは些末《さまつ》な問題だった。

重要なのは、誰からのメッセージなのかがはっきりしないことだ。

男か女かも不明な、特徴のない字体が尚更不気味で禍々《まがまが》しい気すらする。だからアルエットは、これをリュミエに手渡すことなく、咄嗟に隠してしまったのだと思う。

言葉にはできない『悪意』を感じてしまったから。

それも分かりやすい『嫌悪』や『嫉妬』などではなく、もっとべったりこびりつくような何か。嫌ったり羨んだりなど理由があるものではなく、ある意味純粋な『執着心』の塊。それが、掌に収まる大きさの紙片から滲み出ていた。

――私の考えすぎならそれでいいけど……気のせいかな。他の後継者候補の三人から感じた安っぽさとは種類が違うんだよね……

ただの勘。そう言ってしまえば身も蓋もない。

だがその勘を信じて、アルエットはこれまで生きてきた。若い身空で店を出し、軌道に乗せることができたのも、自らの直感を頼りにしてきたところもある。

勿論努力は人並み以上にしてきた自負があるが、ここぞという時には自分の内なる声に耳を傾けてきた。

――リュミエ様との出会いだって、その延長線上にあった……

だから、簡単に無視はできない。

メッセージカードを処分することも躊躇われ、家族への手紙でも書いて気分転換を図ろうとしたが、やはりどうにも気になって仕方がなかった。

――でも騒ぎ立てて杞憂《きゆう》だったら申し訳ないし……まったく無関係だった場合、使用人たちの間で犯人探しになったら厄介だよね……

一人二人は、クビになるかもしれない。何せ仕える主の部屋に意味深な手紙を忍ばせたのだから。金に目が眩んで誰かの手先になったのだとしても、自分自身が誘惑しようとしたのだとしても、問題になることは容易に想像できた。

——万が一ただの悪戯なら、見なかったことにした方がいいかなぁ……だって普通なら、あの時間リュミエ様がご自分で扉を開く確率は低い。朝、メイドが気づいて捨てる可能性の方が高いよね？　確実に読ませたいなら、机の上にでも置いておけばいいだけだし。

たまたま、アルエットが先に発見してしまっただけ。

このカードをドアの下に差し込んだ人物も、それを期待していたのかもしれない。つまり本人に読まれることは本意ではなかったのではないか。

——礼金は受け取ったけど、変なことをしてクビになりたくないから——と考えた折衷案が妥当なところじゃない？　ここで働く上級使用人って、わりと計算高いし……

アルエットは己の名推理にいたく満足したが、ならば一層このカードは闇に葬り去るべきかと悩みだした。堂々巡りである。

——ああ、もうっ、それとも貴族の世界ではよくあることなの？

「——一人で何をウンウン唸《うな》っているの？」

思考に没頭していたアルエットは、突然背後から声をかけられて飛び上がった。

椅子から、尻が浮いたと思う。

「リュミエ……ール様……っ？」

昼間はどこに誰の目と耳があるのか分からないので、アルエットはリュミエ様と呼びかけそうなるのを、寸でのところで堪えた。

「も、もう経営学の授業は終えられたのですか？」

「ええ、先生は帰られたわ」

彼も他の使用人を気にしているらしく、殊更深窓の令嬢めいた言葉遣いと仕草で微笑んだ。

リュミエが授業を受けている間、アルエットはいつも自室として割り当てられた客間に籠もっている。

誰かと接すれば、その分本当は女であることが露見しかねないからだ。自分はまだ、彼ほど性別を偽るのに長けていない。

いくらこうして男装していても、ふとした瞬間に素のアルエットが顔を覗かせてしまう。特に驚いた時などが顕著だった。

「……あ」

内股になり、口元に添えられた手は、誰がどう見ても女性の仕草だ。

アルエットは慌てて周囲を見回し、目撃者がいないかを探った。

「――大丈夫。先ほどメイドは出ていった。もう部屋の傍にはいない」

「す、すみません。私ったら未熟で……」

「君に完璧な演技なんて求めていないよ。アルエットは充分頑張ってくれているし、感謝している。それより、それは何？」

「あっ、これは……」

目下頭痛の種である紙片を奪われ、アルエットは椅子から立ち上がった。

すると思ったよりも至近距離にリュミエがいて、少々驚く。ハッと息を呑んでいる間に彼はカードへ目を通してしまった。

「――これは？」

「……今朝、リュミエール様の寝室のドアの下に差し込まれていました……」

今更ごまかしても仕方ないので、アルエットは観念して事の詳細を語った。一応さりげなく、『単純な悪戯の可能性もある』とつけ加える。しかし彼がそう思っていないことは、リュミエの表情から明白だった。

「……ふん……ついに動き出してくれたかな？」

どこか楽しげに、それでいて昏《くら》い瞳が虚空を睨んだ。

「それで君が悩んでいたのはどうして？　すぐにこれを見せてくれればよかったのに」

「あ……それは……」

余計なことを色々考えてしまったとボソボソ説明すれば、何故か彼は目を丸くした。そして影が差していた表情が明るく変わる。

「ふふ……っ、本当に君は面白い。たぶんアルエットが予想した通りで概《おおむ》ね合っていると思うけど――君は誰かも分からない相手の処遇について心配をしていたわけか。善良すぎて、時折心配になるな」

「ば、馬鹿にしています？」

「ちっとも。全力で褒めているつもりだ」

そのわりには口元が失笑を堪えてヒクついている。けれど上機嫌なリュミエがアルエットの頭を撫でてくれたので、細かいことはどうでもよくなってしまった。

「――せっかくお誘いいただいたんだ。音楽会には気合を入れて出席することにしよう」

「危険では、ありませんか？」

「多少の危険を冒した結果、君に出会えた実績がある。それに、アルエットがこのカードを拾ってくれたおかげで、一つ分かったこともある」

紅を塗った彼の唇が、魅惑的に弧を描く。麗しの美少女が人差し指と中指で摘んだ紙片を思わせ振りに閃かせた。

「これを書いた人間は、使用人は命じれば何でも無条件で言いなりになると信じているらしい。うちのメイドが強かで、命令の抜け道を見つけるとは、考えもしないに違いない」

「あ……っ」

確かに、その通りだ。

アルエットは貴族ではなく、労働者側の人間だから命令に従いつつも己の身を守るのが当然と思ったけれど、どっぷり選民思想に染まった者であれば、自分が裏切られるなんて微塵も考えないのではないか。

命令とは、遂行されて当然のもの。狡く強かで逞しい下々の考え方なんて、顧みることもない。金と権力で全て思い通りになると疑っていないとしたら――

「……平民の生活をしたことがあるテオドール様とヨハネス様は……」

「候補から外していいんじゃないかな。そもそもこういう回りくどいやり方は似合わない。どうせ彼らは今頃嫁探しに躍起になっているはずだ」

「それでは大叔父様が？」

「……どうだろうね。大叔父は年を重ねている分、老獪《ろうかい》だ。それに下の者は全て卑しく愚かだと見下げている。だから報酬だけくすねて命令に従わない場合があることくらい、見越しているんじゃないかな」

直接仕える使用人ならまだしも、他家の人間を信用するとは思えないとリュミエは嘲笑った。

怪しい人物は何人もいるのに、誰も彼もがしっくりこない。アルエットは困惑して眉間に皺を寄せた。

「いったい誰がどんな目的で、こんなものを……」

「……上手く言えないが、傲慢ではあっても、世間知らずの匂いがする」

リュミエが紙片を鼻先に寄せ深く息を吸う。その刹那微かに瞳が揺らいだのを、アルエットは見逃さなかった。

「……リュミエール様？　どうかされましたか……？」

「あ……いや、何でもない。——それより、君にだけ許した名前で呼んではくれないのか？」

「今は誰が来るか分からない昼間ですから……！」

「では今夜の楽しみにしておこう」

さりげなく彼が話題を逸らしたのは気づいていた。けれど『触れてくれるな』という無言の拒絶を感じ取り、アルエットはそれ以上問い詰めるのはやめた。

——だって、揺らいだ眼差しの向こうに、悲哀の色が垣間見えたもの——

いつか打ち明けてくれたら嬉しい。

そう願ったまま、一週間が瞬く間に過ぎていった。

5　偽物は本物に憧れる

音楽会は、『芸術を支援する』とは名ばかりの、実際はルブロン伯爵家の権勢を示す催しに他ならない。そもそもこの場に呼ばれることこそが、ステータスでもあった。ルブロン伯爵家に取り入って、忠誠を示す。はたまた周囲に親しい間柄であることを喧伝する。当然水面下では様々な思惑と大金が動いていた。

若手音楽家であれば、ここで気に入られれば有力なパトロンを捕まえられるとあって、皆目が血走っている気もする。

金と権力、顕示欲や欲望を、芸術の名で糊塗《こと》している。そういう盛大な会だ。

「――本当に大丈夫ですかね……？　私、当主様や大叔父様、従兄弟の方々には前回顔を見られていますが……」

「あの時の君はメイドの格好をしていただろう？　まさか同一人物だなんて思いもしないよ。それ以前に、使用人の顔なんて彼らは記憶していないから、安心して」

こういった集まりに女性が出席する場合、基本的にパートナーは必須だ。伴侶や婚約者、または父親や兄弟など。

リュミエの指示により、今日はアルエットが男装して彼の隣に立っていた。

「オドオドしていると逆に不自然に思われる。堂々と胸を張っていればいい」

「私の心臓には、毛が生えていませんので。そこまで強かになれません」

「今日を無事に乗り切れれば、特別報酬を出すし、家族に会える手はずも整える」

「本当ですか？」

丸まりかけていたアルエットの背中が、しゃっきりと伸びる。特別報酬も魅力的だが、何よりも家族に会えるかもしれない期待で俄然やる気になってきた。

「私、全力で頑張ります」

「そうしてくれ。――ああ、ほら早速一人寄ってきた」

極力目立たないように開始ギリギリに会場に入ったのだが、目敏い者に見つかってしまった。というよりも、相手はリュミエから声をかけられるのを待っていたようだが、こちらが動かないため痺れを切らしたらしい。

「――ふん、その男がお前の婚約者か」

「大叔父様。お久し振りです。はい彼が私の結婚相手です」

とても高齢とは思えないかくしゃくとした大叔父の様子は、前よりも若返った気さえする。どうやら若い娘を後妻に迎えるという話は、順調に進んでいるようだ。

彼の半歩後ろには、俯いた年若い女性が立っていた。

――ひょっとして、この方が噂の婚約者？　このクソ爺……どう見ても祖父と孫じゃない。

無意識に嫌悪感を表しそうになる表情を戒めて、アルエットは特訓した通りに礼をした。

「どこの家出身だ？」

「それはまだ内密に。いずれお教えします」

「ふん。言えないということは、大した家柄ではないということだな。これなら私の勝利は確定したも同然だ」

満足げに腹を揺する大叔父は、パートナーを紹介する気もないのか上機嫌で髭《ひげ》を弄ってい る。けれどその時、黙って背後に立っていた女性が顔を上げた。

「――え……」

驚きの声を上げたのは一人だけ。いつになく掠れた低い声音を漏らしたリュミエが、双眸を見開いていた。

「ラリサ……？」

「久し振り、リュミエール。八年振り、かしら」

――知り合い……？

どうやらラリサと呼ばれた女性は、大叔父の婚約者ではないらしい。どこか儚げな風貌で微笑むさまは、少しだけリュミエと似ていた。

「どうしてここに？」

「実は夫に先立たれて、実家に戻っているの。今日は気分転換にと、お祖父様が連れてきてくださったのよ」

「いくら旦那と死に別れても、お前だってずっと塞いでいても仕方あるまい。ここで有力な次の嫁ぎ先を見つけけんとな」

おそらくリュミエの大叔父は本気で孫のために言っているつもりなのだろう。けれど伴侶に先立たれた女性に対し、すぐに『次』を探せと告げるのは、何とも醜悪だった。

少なからず不快感が込み上げたアルエットは、そっとラリサを窺う。

彼女も愉快ではないのか、曖昧な笑みでごまかしていた。それでも、瞳の奥に揺らぐ苦悩は隠しきれていない。切なげな表情は、ひどく庇護欲をそそられた。

「そういえばお前たちは昔から仲がよかったな。私はよそに顔を出してくるから、音楽会が始まるまで話しているといい」

言うなり、取り入る相手が見つかったのか大叔父はいそいそと離れていった。

残されたのは、リュミエとラリサ。そして疎外感を禁じえないアルエットだった。

だが気まずい思いを抱えているのは自分だけだ。二人は再会の驚きが落ち着けば、手を握り合いそうな至近距離で見つめ合っている。そこには親密な空気が漂っていた。

――綺麗な人……リュミエ様と並んでいても、まったく見劣りしない……何だか姉妹のよう。

「……そうだったの、ラリサ……大変だったのね。私ったら何も知らなくて、ごめんなさい」

「いいのよ。まだほとんど公になっていない話だもの。仕方ないわ」

「私にできることがあれば、言ってね」

他の親族に対する態度とは明らかに違うリュミエの親身な様子に、アルエットは焦燥を覚えた。

従兄弟に対しても辛辣《しんらつ》な彼が、ラリサには柔らかく接している。

傷心の彼女に対する気遣いだけでなく、根底に労りが滲んでいた。それは、親しくなければ生まれない種類のものだ。

キリッと胸が軋む。その痛みの名前はよく分からない。それでも、むかむかとした黒いものが、アルエットの体内で広がってゆく気がした。

「あ……ごめんなさい。つい懐かしくて自分の話ばかりして。そちらの方は？　私はラリサ・ルブロンです。初めまして」

居心地悪く身じろいだアルエットに、彼女はすぐさま話を振ってくれた。そういう気遣いも如才ない。優雅な所作は、レディの呼び名に相応しかった。

「――初めまして……ディランと申します。家名はまだ伏せさせてください」

「私のパートナーよ」

「まぁ、そうなの！　おめでとう、リュミエール」

無理に作った低い声で挨拶する自分は何故か惨めに思えた。

ラリサは大叔父のようにアルエットを軽んじたり、蔑む視線を向けてきたりしていないのに、勝手に委縮している自分がいる。挙動不審にならないよう、教えられた通りに振る舞うのが精一杯だった。

——変な気持ち……自分でも、よく分からない……ラリサ様はリュミエ様と同じくらい綺麗で私の憧れそのものなのに……どうして傍にいても胸が躍らないのだろう。

むしろ苦しい。

いくら息を吸っても、一向に楽になってくれない。許されるなら、一刻も早くこの場から立ち去りたかった。

アルエットは誰にも知られぬよう、秘かに深呼吸した。そんな願いが通じたのか、開演を知らせる鐘が鳴る。

「あ……もう演奏が始まってしまう。席に着かないとならないわ。ラリサ、今日は会えて嬉しかった」

「私もよ。時間ができたらお茶でも飲みましょうね」

和やかに別れを告げ、二人はそれぞれの席へ向かった。アルエットも挨拶をし、リュミエと共に歩き出す。どうにか笑みを保ったまま。けれど内心、激しい動揺が吹き荒れていた。

——あんなリュミエ様は、知らない……

心を許した者との距離感だ。彼が特定の誰かと打ち解けた様子で話すのを、アルエットは傍に仕えるようになって初めて見た。だから心が掻き乱される。冷静でいられない。

ラリサに対し嫌な感情が芽生えそうなことに、何よりも戸惑っていた。

「あの方は……」

「大叔父の孫で、私のハトコだ。――昔私が伯爵家に両親と連れ戻された時、唯一親切にしてくれた優しい人だよ」

「そう、だったんですか……」

互いにだけ聞こえる小声で、ひっそりと話す。着席してすぐに会場は照明が落とされ、ゆったりと客席が設けられていることもあり、周囲に二人以外の人はいない。

それでも囁き声になったのは、アルエットの複雑な心情のせいだった。

聞きたいのに、聞きたくない。

問い質す資格は自分にはないのに、それでも問わずにはいられなかった。

彼はアッサリ答えてくれたけれど、それはアルエットが欲しかった回答ではない。

――私が知りたいのは、貴方があの人をどれだけ大切に感じているのかだもの――

本当は『特別な人なのか』と聞きたかった。そんな権利は微塵もないのに。

自分にも大事な弟たちがいるから分かる。実の姉弟よりもっと、二人は仲睦まじそうに感じられた。

それが『同性』の親戚だとラリサが思っているからなのか、それとも――

皮肉にも、以前自分が言った言葉が鮮明によみがえってくる。——『ご親族の中で協力者になってくれる人がいれば、その方に婿役をお願いするとか』——

あの時は深く考えていなかった。どうせ実現するはずのない案だと高を括っていたのだと思う。

リュミエ自身も『男同士で結婚は無理だろう』と言っていた。

だがその前提が崩れたとしたら？

——女性のラリサ様なら、リュミエ様の子を産むことだってできる……

彼女に男装は無理でも、結婚さえすれば結果として後継者候補の条件は満たせるはずだ。しかも同じルブロン伯爵家の血を引いている者同士。

リュミエの祖父が何よりも血の濃さを重んじるなら、これほどの適任者は他にいない。大叔父にしても、利益があると考えれば敵には回らないだろう。

——彼が本当は男性であると明かせば、問題は一つもないんじゃないの……？

どうせいずれは公表される真実だ。それならどこの馬の骨とも知れないアルエットより、段違いにラリサの方が相応しかった。ましてリュミエがラリサに対して親愛の情を抱いているのは明白ではないか。

——こんなこと、考えたくない。だけど……ラリサ様はご主人に先立たれて今はお一人。もし、リュミエ様がその事実を知るのがあと少し早かったら、まったく別の展開になっていたんじゃないの？

　当主に難題をふっかけられる前だったら。

　憎からず感じていて、かつ双方に利があり、障害がより少ない相手がいれば、何も彼がアルエットを選ぶ理由はない。

　こんな一挙両得な美味しい話は、なかなかないに決まっていた。

　――ラリサ様だって、傷心の最中に次の嫁ぎ先を探さずに済む……優しいリュミエ様なら、何が一番正しい道か判断できないわけがない……

　眼前では、音楽家たちの演奏が始まっていた。

　素晴らしい楽器の音色が、会場全体に響き渡っている。しかしアルエットの耳には一つも入ってこなかった。

　意識の全ては、隣に腰かけているリュミエに向かっている。視線を向けることはなくても、僅かな衣擦《きぬず》れの音すら聞き逃すまいと耳を澄ませていた。

　にもかかわらず、横を向いて彼の顔を確かめる勇気もない。

　もし、リュミエがこの会場のどこかにいるラリサを見つめていたら。

　そうでなくても、心ここにあらずの様相で、物思いに耽っていたなら。懐かしい大切な人との再会が胸を占め、隣にいるアルエットのことを忘れていたらどうしよう。

　どの可能性も怖くて、かつあり得そうだから身が竦む。

今にも『君との契約を解除したい』と切り出されるのではないか戦々恐々とした。

男性らしく見えるよう組んだ脚を、何度組み替えたか分からない。数えきれないほど溜め息をついた。

長いはずの音楽会は気づけば終盤に差しかかっている。

結局、最後までアルエットには歌も演奏も楽しむことができなかった。

「――どうしたの？　何か気になることがあったのか？」

割れんばかりの拍手の音が会場を震わせる中、突然リュミエがアルエットの耳に囁いてきた。彼の呼気が艶《なま》めかしく耳朶を嬲《なぶ》る。

その熱と微かな風に、アルエットは肩を強張らせた。

「え……っ、いいえ」

「ずっと考え事をしているようだったけど……退屈だった？」

「いえ、とんでもない。皆さん素晴らしかったです」

まったく聞いていなかったとは言えず、アルエットは首を横に振った。

演奏に不満などない。悪いのは、いつの間にか過度な期待を抱いていたアルエットの方だ。

束の間の夢があまりにも甘美で、目が覚める瞬間を失念していた。いや、考えまいとしていたのかもしれない。

――リュミエ様との関係は、終わりが必ず来ると分かっていながら、一年間は傍にいられる気がしていた……だけどもっと早く解決してしまいそうで、それが辛いなんて、言えるはずがない。

所詮は雇用関係。紙切れ一枚の強制力でも、それがあるからこそ、アルエットは彼の傍にいることが許されている。決して、『愛情』故ではないのだと、思い知った。

「本当に？」

訝しげにこちらを覗き込んでくる彼は、アルエットの言葉を全面的には信じていないようだ。だが会場内の明かりが点《とも》り、周囲の目を気にしたのだろう。それ以上は深く問い詰めてはこず、速やかに『令嬢』の仮面を被った。

「──さて、行きましょうか、ディラン？」

「先日のカードに関しては、何か分かりましたか？」

アルエットのエスコートを待つリュミエに手を差し出すと、いつもなら優雅にのせられる彼の手が、ほんの一瞬空中で止まった。

けれどすぐに悠然と重ねられる。

「──ああ、これといっておかしな点はなさそうだったよ」

返答には、特に妙な点がなかった。それでもアルエットが奇異に感じたのは、普段完璧に演じられている『令嬢』に綻びを嗅ぎ取ったせいかもしれない。

言葉遣いにしてもそう。何より、人前では必ず湛えていた微笑が完全に消えていた。

彼こそ別に気にかかることがあり、心ここにあらずなのではないか。

——やっぱり、ラリサ様のことを考えていらっしゃるの……？

今日までに叩き込まれた礼儀作法のおかげで、アルエットの身体は乱れる気持ちとは関係なく動く。いや、なるべく考えるのを避けているのは否めなかった。

リュミエと腕を組み、来客と談笑する当主のもとへ向かう。

挨拶だけでもしておかなければ、後で何を言われるか分からない。それに今日は、ディランのお披露目でもある。リュミエのパートナーとして認知してもらうためだ。

——だけどもし契約解除するなら、顔合わせなんてしない方がいいんじゃないの……？

待ち構えるルブロン伯爵家の面々の鋭い眼差しに怯みそうになる。

後継者候補としてリュミエが集められた際は、自分はあくまでもつき添いに過ぎなかった。

それが今日は、この場にいる全ての人間の視線がアルエットに集中している心地がする。

この男は何者だと値踏みする苛烈な視線が、容赦なくアルエットに突き刺さった。

「……っ」

竦みそうな足をどうにか前へ出せたのは、彼が組んだ腕を僅かに摩ってくれたおかげだ。

——『大丈夫。私がいる。だから安心して』

幻聴に過ぎないのに、そう囁かれた気分になれた。まだリュミエが自分を必要としてくれているのだと知り、現金にも平常心を取り戻せる。

狭まっていた視野や、浅くなっていた呼吸は、全て平素のものへ戻っていた。すると状況を観察する余裕も出てくる。

「――ほう。今日は不参加かと思っていたぞ」

「お祖父様が主宰される集いに、私が顔を出さないわけがありません」

「よく言うわ。これまで散々仮病を使って欠席してきたくせに」

「下賤な女の血を引いていても、後継者候補として名前が上がったから、いい気になっているんじゃないか」

「見た目しか褒められたところがないから、今日は随分着飾ったのね」

四方八方から悪意に満ちた声がかかる。今やアルエットとリュミエは、親類縁者に取り囲まれていた。

「申し訳ありません。私の身体が弱く、ご心配をおかけして……ですがもう大丈夫です。支えてくれる人も見つけましたし」

これ見よがしに彼がアルエットにしなだれかかり、親戚たちが眉を顰めた。先に大叔父へ家名を伏せる旨を伝えたのは共有されているらしく、誰も改めて聞こうとはしてこない。

下手に出しゃばって、当主の機嫌を損ねるのが怖いのだろう。

当のルブロン伯爵本人は、嘲笑とも微笑ともつかない笑みを浮かべていた。

「ほう。精々頑張るがいい」

皺だらけの老人の真意はまったく読めなかった。それはこの場にいる誰もが同様なのか、愛想笑いを張りつけ追従する。まるで一国の王だ。かつて彼の機嫌を損ねた者が追い詰められ精神に異常を来した――というのも、あながちただの噂話ではないのかと、アルエットは慄いた。

「さて、私は先に帰らせてもらう。後は好きにするがいい」

「あ、お持ちください、ルブロン伯爵！」

会場を後にする当主につき従い、ほとんどの者がその場を去った。

残されたのは、アルエットたちと何故かヨハネス。オペラ歌手を拉致しようとして、失敗した方のクズである。

「……お久し振りですね、ヨハネスお兄様」

前回会った際には、従兄弟に話しかける気もなさそうなリュミエだったが、今日は愛想よくヨハネスに挨拶をした。

その理由を、アルエットは知っている。そしてヨハネスも察しているのか、苦い顔をした。

彼がご執心で、誘拐未遂をしでかしたオペラ歌手は現在、リュミエの庇護下にいるのだ。

当然ヨハネスの耳にも入っているに違いない。

――本当なら今日の演目に彼女も出演するはずだったとか……

だが諸々の騒ぎのせいでままならず、今は身を隠している状況だった。

「……リンシアはお前のところにいるのか」

「ええ、『色々』あって心労が祟ったようです。何でも『恐ろしい目に遭った』とか。しばらく静養が必要とのことなので、私が『匿《かくま》い』ました」

所々単語を強調しながら、リュミエが言わんとしていることは明らかだった。

表沙汰になっていない事件ではあるが、これ以上騒ぎを大きくするならただでは済まないと匂わせているのだ。

新人オペラ歌手のリンシアは、ルブロン伯爵家が支援する音楽家の一人だ。

つまり、リュミエの祖父が全権を握っている。いくら孫であっても、当主の持ち物に勝手に手を出したとあれば、怒りを買うのは目に見えていた。

「お祖父様の耳に入る前に、私が適切に処理いたします。ご心配なく」

「お、お前には関係ない。これは僕たち二人の問題だ」

ヨハネスはリュミエよりも二つ年上のためか、おどおどしつつも虚勢を張っている。しかも若い女に物申されたのが気に入らないらしく、眦を吊り上げた。

「――対等な恋愛関係なら私も何も申し上げません。ですが今日の音楽会の出演を餌にして関係を迫っていたのなら、話は別でしょう」

――えっ、それは卑怯かつ、想像以上のクズ……！

まさか自分の立場を使って関係を迫っていたとは。

アルエットは虫を見る目にならないようあえて焦点をぼかし、冷静さを保とうと試みた。

——女の敵だわ……もげればいいのに……

何故正々堂々と勝負しないのか。店に駆け込んでくる客にも、こういった悩みを抱える人はいた。その度にアルエットは怒りに震え、世の理不尽さに憤ったものだ。

——平民でも貴族でも、やることに大差はないのね……！

内心で憤怒の焔を燃やしながらヨハネスをギラギラと睨みつける。すると彼は如実に怯えて挙動不審に陥った。

「リ、リンシアだって満更でもなかったはずだ。僕の誘いをキッパリとは断らなかった」

「それは拒絶した後のことを心配したからでしょう。ヨハネスお兄様だって理解していらっしゃいますよね？　ですから最後は拉致なんて暴挙に出たのでしょう？」

容赦なく追い詰めてゆくリュミエは口調こそ丁寧だったが、相手を見つめる眼差しは凍っている。まったくもって温度がない。真冬の雪原に裸で放り出された方がマシなのでは、と思うくらいに凍てつく視線だった。

「だとしても、リンシア本人の口から聞かなければ納得できない！」

「先ほど申し上げたように、今の彼女には静養が必要です。心労の原因に会わせるわけにはまいりません」

「……っ、リュミエール、お前女のくせに生意気だぞ」

言葉では敵わないと判断したのか、ヨハネスは自らの優位性を示すように胸を反らした。

実際のところ彼ら二人の身長は同程度だ。体格的にも大差はない。

それでも女性の格好をしたリュミエと男性の服を身につけたヨハネスとでは、受ける印象がまるで違った。

美しさを優先した、機能的ではないドレス。対して見るからに動きやすい装い。仮に取っ組み合いになった場合、どちらが有利なのかは歴然だった。

——それにこんな人目がある場所でリュミエ様に暴れさせるわけにはいかない……！

アルエットは対峙する二人の間に身体を滑り込ませ、背後にリュミエを庇った。その上で、沈黙したままヨハネスを睥睨《へいげい》する。

案の定ヨハネスは『男の格好をした』アルエットに恐れ戦く。

——結局大事なのは見た目なのね。本当はリュミエ様こそ男性なのに。女だと思い込んで侮り、偽物の男の私に怯えるなんて——節穴もいいところだわ。

滑稽だ。この男の底の浅さが透けて見える。

アルエットが呆れと共に顔立ちをより険しくさせると、背後のリュミエがやんわりアルエットを後ろに引っ張った。

「大丈夫よ、ディラン。——でも、ありがとう」

振り返った先に見たのは、歪な笑顔だった。

いつもの、完璧で美しい微笑ではない。泣き顔にも見える、微妙なもの。それがどんな心情を表すのか、推し量るのは難しい。

けれどリュミエが複雑な思いを抱いていることは、アルエットにも薄々感じられた。

「な、何だよ。礼儀のなっていない男だな。それよりもリュミエール、お祖父様には秘密にしておけよ。お前でもそれくらいはできるだろ？」

張りぼての虚勢はみっともない。肩を怒らせて喚くヨハネスは、ひどく矮小《わいしょう》だった。

――この期に及んで口止め？　どれだけ図々しいの。こういう人間は、放っておくとつけ上がる一方だって知っているわ……！

「リンシアにも誤解だと言っておけ！　……ったく、これだから女は困るんだ。すぐに自惚《うぬぼ》れて騒ぎ立てる」

不貞腐れた様子で吐き捨てるヨハネスに、反省の色は一切見えない。

ますます怒りの火力が燃え上がったアルエットは、つい黙っていられずロを挟んだ。

「みっともないな」

「なっ……貴様、この僕に言ったのか？」

「自分に言われたかどうかも分からないのか？」

作った低い声でアルエットが吐き捨てれば、ヨハネスは顔を真っ赤にさせて震え出した。

直球の侮辱がかなり応えたのか、言葉もなく口を開閉させている。まるで陸に打ち上げられた魚だ。

いくらアルエットが無鉄砲でも、普段ならこんな何をしでかすか分からない男を挑発する真似はしない。

自分だって我が身が可愛い。無用な危険や争いは、避けて通りたいものだ。

——でも困っている人や、守りたい誰かがいる場合、話は別よ。

とても安全圏で黙っていられない。特にリュミエが貶められたとあっては、ぼさっと突っ立っているだけでは我慢できなかった。

「本気で好きならきちんとした段階を踏むべきだ。相手の迷惑にならないよう誠実に想いを伝えてこそ、彼女の人生に関わる権利が与えられるんじゃないか？　自分の気持ちばかり押しつければ、逃げられるに決まっている」

「お、お前に何が分かるっ、一介のオペラ歌手からルブロン伯爵家の一員に迎えてやろうと言っているんだぞ？　喜ぶのが当たり前だろうっ！」

「それはあんたの考え方だ。彼女がそれを望んだのか？　もしかしたらオペラ歌手を続けたいと願っているかもしれない。他人が全員自分と同じ考え方をするとは思わない方がいい。価値観は、人それぞれ違う。あんたにとって素晴らしくても、人によってはごみ同然ということがあり得るのを忘れるな」

「ご、ごみ……っ？」

アルエットに捲《まく》し立《た》てられヨハネスは完全に気圧されている。膝が笑い、立っているのもやっとの有様だ。赤かった顔色は、青白いものへ変わっていた。

「ふん。リュミエール様、もう行きましょ……う？」

言いたいことは言ったので、速やかにこの場を去ろうとアルエットは彼を振り返る。だがスッキリした自分とは裏腹に、リュミエは自らの胸を押さえヨハネスと同じ顔色をしていた。

「ど、どうしました？」

「いや……何だか私の心にも突き刺さる言葉の数々だった……ディランの言う通りね。段階も踏まず押しつけてばかりでは……うっ」

苦悶《くもん》の表情で腰を折るリュミエを案じている間に、いつの間にかヨハネスは消えていた。どうやら分が悪いと思い、逃げ出したらしい。

——え？　何故リュミエ様が痛手を受けているの？　私はヨハネス様に言ったのに？

サッパリ意味が分からない。

けれど苦しむリュミエをこのままにはしておけない。アルエットは彼をおんぶして運ぼうとしたが、リュミエ自身が断固拒否してきた。

「ディラン——これ以上私の矜持をズタズタにしないでほしい……気持ちはありがたいが、君の背中に庇われただけでも充分辛い……」

「え、何ですか？　今馬車を回してくれるよう頼みましたから、座っていてください」

入り口近くまで馬車をつけてくれと使用人に告げていたアルエットは、リュミエの言葉を聞き取れなかった。彼もこちらに伝えるつもりはなかったのか、その後はむっつり口を噤んでいる。どこか不機嫌な、それでいてもどかしげな顰《しか》めっ面《つら》で俯くばかり。無言で会話は拒否されていた。

――よく分からないけど、やっぱりヨハネス様のせいね。許せない、あのクズ男……今度会ったら、アレを潰してやりたいわ……！

勿論そんなことができるわけはないのだが、想像するのは自由である。

さほど時間をおかずやってきた馬車の中、アルエットが女を舐めきった男のアレをどうやって成敗してやろうか夢想している間に、リュミエもまた何か考え込んでいるようだった。

音楽会では、結局カードの送り主については分からず終いだった。

怪しい人物からの接触や道中の危険もなく、あったのはヨハネスとの不愉快なやり取りだけだ。しかしそれが収穫とも言えた。

「これでヨハネスは大人しくなる。今頃、私がいつお祖父様に告げ口するかと震えているだろう」

「まったく応えていないように見えましたが……」

「いや、あれは元来気の小さい男だ。アルエットの脅しにも内心縮み上がっていたよ」

「私がお役に立てたなら、よかったです。ところであの、これはどういった状況でしょう？」

現在アルエットはディランの格好のままドレス姿のリュミエの腿にのせられ、ソファーの上で横抱きにされていた。

つまりは音楽会から帰るや否や、彼の寝室に引きずり込まれたのである。

「休んでいるんだが？」

「え、どこが？　私も少し疲れたので一息つきたいのですが……」

精神的にも肉体的にも今日は朝から厳しかった。そのせいで珍しくふて寝したい気分だ。

けれどアルエットのそんな思いは丸ごと無視され、こちらの腹に回された彼の手は、一向に緩まる気配もなかった。

「えーっと……この姿を誰かに見られたら、非常にまずいと思います」

二人が恋人同士に見えるようイチャイチャしたり、部屋に籠もったりするのは理解できる。だがその場合は『他人に目撃させる』のを前提としていた。

リュミエールとディランの仲を想像してもらうために。

けれど今万が一メイドが部屋に入ってくれれば、確実に困ったことになる。

何せ、令嬢の膝の上に男が横抱きされている状態なのだ。どんな事態だ。とんだ白昼夢ではないか。

「どうして」

「それはこちらの台詞です。おかしいでしょう？　世の女性は男性を抱えて膝にのせたりしませんよ。いや、絶対あり得ないとは言いませんけど、少なくとも私は聞いたこともお目にかかったこともありません」

この屋敷で働く使用人たちも、初見に決まっている。騒然とする様が容易に想像でき、アルエットはゾゾッと背筋を震わせた。

「確実に面倒なことになります」

「誰か来たらやめるから、問題ない」

「ええ？　……ちょ、擽ったいです」

首筋に彼の鼻が擦りつけられ、アルエットは身じろいだ。

おそらく途轍もなく倒錯的な状況だと思う。もしアルエットが使用人の立場でこんな場面に踏み込んでしまったら、別の世界に魂が飛ばされたと思いそうだ。

何せ女が男を膝に抱え愛でているのである。珍妙な事態であるのは間違いなかった。

「や、休むんですよね？」

「ああ。だからこうして君から英気を養っている」

「いやいや、あ、どこ触って……」

不埒なリュミエの手が、アルエットの身体の線をなぞる。ジャケットは脱がされ、シャツの上から弄られた。

布に隔たれているせいか、とてももどかしい。それでいて彼の掌の熱さは存分に伝わってきた。

「――嫌？　正直に答えてほしい、アルエット。どうしても君が嫌なら……やめるから。君の迷惑にはなりたくないんだ……」

散々翻弄しておいて、今更弱気になるリュミエの真意は不可解だった。

けれど真摯に問われていることは理解できる。アルエットの言葉を待つ切実さも露な表情は、軽く受け流せるものではなかった。

「リュミエ様……？」

「君の望みを聞かせてほしい。ちゃんと、耳を傾けるから」

それなら一つだけだ。

この先も、彼の傍にいたい。契約としてではなく、本物になれたらどれだけいいだろう。

しかし叶わぬ願いだとアルエット自身にも重々分かっていた。

口にした瞬間、きっとこの関係は破綻してしまう。大きな目的を叶えようとしている彼の足を引っ張りたくないと、アルエットは心の底から思った。

「……私の望みは、リュミエ様が無事にルブロン伯爵家当主になられることです。だからこんなことまでしているんですもの」

男の格好をして、胸の痛みから目を逸らし、偽りの恋人を演じる。

恋は盲目そのもの。冷静に考えれば、正気の沙汰ではない。ひょっとしたら、とんでもない泥船に乗ってしまったのかもしれない。けれどだとしても――

――貴方と一緒に溺れられるなら、幸せなんです――

恋に惑った女の、愚かな願い。

それをリュミエに告げる気はなかった。知らないままでいてくれるのが、きっと互いにとって一番いい。

分不相応な望みは抱かない。だから、今だけは夢の中にいたかった。

――あともう少しだけ――

アルエットは彼の頬に手を添え、自ら口づけた。

自分の方からキスをしたのは、これが初めて。リュミエは驚きに固まり、青い瞳を見開いている。彼を動揺させたことが嬉しくて、アルエットは再度リュミエの唇を奪った。

「……そんなことをされたら、自分に都合よく解釈するよ」

「嫌ではありません」

曖昧に答えるのが精一杯だった。本音を言えば、彼に自分を求めてほしい。抱き合っている間だけは、リュミエを自分のものだと勘違いできる。

その至福の時が欲しくて、アルエットは彼の背中に両腕を回した。

「君の髪を解いてもいい？」

それが何を意味するのか、アルエットにはもう分かっている。二人だけに通じる秘密の合図。だからコクリと頷いた。

「アルエット……ッ」

熱の籠もった声音で名前を呼ばれ、こちらの体温も上昇する。たちまち鼓動が乱れ、吐息が濡れた。

触れ合うと一層、恋心は加速する。愛しいと心も身体も叫んでいた。

一つに束ねていた髪を解かれ、毛先がアルエットの頬や首を擽る。そっとリュミエを窺うより早く、彼に強く抱きしめられた。

「あ……」

ソファーの上で押し倒され、仰向けにさせられる。見上げた先には欲情を露にしたリュミエがいた。

彼はアルエットが使っていた結び紐で手早く自らの髪を束ねる。その仕草はとても官能的で、見下ろしてくる眼差しが熱く、焦げつきそうな視線は少しばかり怖い。だが怯えを遥かに上回る期待と喜びが、アルエットの内側に込み上げた。

——もっと私を欲してほしい……どんな理由であっても、嬉しいから——

彼の視界を自分で満たしてしまいたくて、アルエットはリュミエの指先へ舌を這わせた。両手で捧げ持った彼の手は、無抵抗でされるがままになってくれている。だがアルエットの口内で指を一本ずつ舐っていくと、ピクリと僅かに蠢いた。

「……っ」

絡んだままの視線が熱を孕む。凝視する瞳の力は、どんどん強くなるばかり。

は、と漏れ出たリュミエの息は、明らかに艶を帯びたものだった。

「……同意と見做すよ」

「ん……っ」

息苦しさを覚える激しいキスに口内を掻き回された。

クラヴァットが解かれ、幾つかシャツのボタンを外されると首元が楽になる。アルエットからも手を伸ばし、彼のイヤリングとネックレスを外した。更にリュミエの服のリボンを解き、交差された紐を緩めれば、彼がやや乱暴に己のドレスを乱す。

それだけでもう、リュミエが女性には見えなくなるから不思議だ。まだ化粧はしたままなのに。

「……倒錯的だな……」

「本当に。でも、これが私たちの普通なのかもしれません」

他の人と違っていても、問題ない。彼を想う気持ちが本物であれば、それだけでいい気がした。

それがアルエットの幻であっても構わないのだ。

——だって私は充分幸せ——

少なくとも今リュミエの双眸に映っているのはアルエットだ。ラリサではない。醜い嫉妬なのは百も承知。恋をすると純粋なだけではいられなくなるらしい。だがそういう自分も、アルエットは嫌いではなかった。

この先どうなっていくのかは分からないけれど、彼に必要とされている間は全力で応じたい。最後の時に、後悔が僅かでも少なくなるように。

——その時、私はきっと泣くだろうな……でも、やれるだけのことはやりきったと思える人生にしておきたい。

悔いは可能な限り少なく。今この瞬間を全力で生きると決めた。

互いの服を脱がせ合い、合間にキスを繰り返す。一枚ずつ纏うものがなくなれば、次第に本来の自分たちへ返ってゆく心地がした。

偽りの仮面を外し、真実が姿を現す。いつしか、ソファーの上で抱き合うのは、素肌を晒したただの男女になっていた。

「……これからも私の傍にいてほしい」

「リュミエ様が望んでくださるなら、ずっと傍にいます」

「――アルエットの意思で、とは言ってくれないの？」

「え？」

同じ意味だと思うのに、何が違うのか。戸惑いで瞳が揺れる。

アルエットが何も言えず迷っていると、彼はどこか寂しげに目尻を下げた。

「――それでもいい、と言ったら君を困らせるのかな……」

「リュミエ様……？」

ゆっくり体重をかけられて、ソファーに押し倒された。これまでベッド以外で抱き合ったことはなかったので、天井がいつもと違って見える。けれど真上からアルエットを覗き込んでくる男の姿は、同じだった。

「全部終わったら、その時は――」

耳を澄ませても聞こえないほど小さなリュミエの呟きは、後半はほとんど聞き取れなかった。吐息だけになり、アルエットの肌を擽る。

片手を重ね合わせた温もりが心地よくて、繰り返されるキスの甘さに陶然とし、問い返すのも忘れていった。

――ずっとこうしていられたら、いいのに。

押し殺してもしつこく沸き上がる本音は、剥き出しの欲そのもの。これまでアルエットは、長女として家族を支えるため、自分の望みは後回しにしてきた。

諦めることには慣れていたつもりだ。誰かの役に立てることに、喜びも感じていた。

けれど今は。

全部放り出してでも、手に入れたいと叫びたくなる瞬間がある。

本物の恋とは、何て厄介なものなのだろう。時折怖くなるのに、それでも溺れずにはいられない。こうして触れ合ってしまえば、悩みも不安も遠く押しやられてしまうのだから。

――人を好きになると苦くて辛いことも多いけれど、幸福感も味わえる。かつて私が恋だと思っていたものは、おままごとでしかなかったんだな……

アルエットは不意に、島で暮らしていた日々を思い出した。するとアルエットが別のことを考えているのに気がついたのか、リュミエがいきなり首筋を甘噛みしてきた。

「ひゃ……っ、リュミエ様、何をするんですか！」

「それはこっちの台詞だよ。私だけに集中して。いったい何に気を取られていたの？」

見つめてくる眼力は強い。嘘もごまかしも許さないと、言外に告げてきた。

おそらく適当にはぐらかしても、彼は納得しない気がする。仕方なく、アルエットは恥ずかしい記憶を掘り起こした。

「……大したことではありません。む、昔のことですよ。幼馴染の男の子に『お前はデカくて力もあるから、女には見えない。スカートが似合ってない』と揶揄《からか》われたんです。それをふと思い出して……」

向こうはちょっとした意地悪のつもりだったのだと思う。しかし十年以上経った今も覚えているということは、少なからずアルエットの心が傷ついたせいだ。

現にあれ以来『可愛いもの』は自分には無縁だと避けて通ってきたのだから。

「――それで？　その馬鹿な幼馴染が初恋の相手だとでも？」

「えっ」

思いの外大きな声が出てしまったのは、あたらずといえども遠からずだったため。恋と呼べるほど明確な感情ではなくとも、仄《ほの》かな想いは芽生えていた。

だからこそ、今尚アルエットに影響を及ぼし続けている――呪縛に近かった。

「気に入らないな。アルエットはスカートだってよく似合う。私にとっては誰よりも可愛くて、魅力的な人だ」

「リュミエ様……」

ほんの短い言葉。それでフワッと胸が軽くなる。温かなもので満たされてゆく場所が、アルエットの内側にあった。そこは、今までまったく意識したことのない箇所。

それ故にこの瞬間、自分が自覚していたのとは比べものにならないほど、過去の出来事を引き摺っていたのだと思い知った。気にしていない振りをしながら、実際のアルエットは幼い当時と同じように立ち竦んでいたのでは。

「あ……」

涙が溢れる。アルエットの目尻を伝った滴は彼が唇で吸い取ってくれた。頬を擦り寄せ、頭を撫でてくれる手が優しい。『綺麗だ』『可愛い』と囁かれ、それらの言葉が心に降り注ぐのを感じた。

リュミエがアルエットを褒めてくれるのは初めてではない。けれど今までは素直に受け入れることはできなかった。どんな称賛も、自分には不釣り合いな気がして。

でも今日は、気負うことなく受け止められる。

彼がそんなふうに言ってくれるなら、他人がどう思おうと関係ない。一番大事な人に、アルエットが『綺麗』で『可愛い』と感じてもらえているなら、もう他者の評価はどうでもよかった。むしろ他は、何の意味もない。

「君のスラリとした体形も、向こう見ずでお節介な性格も、正義感溢れる心延《こころば》えも、家族思いなところも、格好よくて可愛い顔も、意外に恥ずかしがり屋で乙女な点も全部私は好きだよ。こんなに輝いて見える人を、他には知らない。出会えた奇跡に感謝している」

長年アルエットを戒めていた茨が、枯れ落ちてゆく幻影が確かに見えた。

——そうか……私、棘《とげ》が刺さっているのが普通だと思っていた……

チクチクと心を苛む痛みに、慣れてはいけなかったのに。いつしか平気な振りばかりが上手くなっていた。

その事実を気づかせてくれたのも、自尊心の取り戻し方を教えてくれたのもリュミエだ。

この人が愛おしいと、心の底から思う。どうか幸せになってほしい。

狂おしい想いのまま、アルエットは彼の首に腕を回した。

——好き。

言えない言葉の代わりに、口づけが深くなる。舌先を絡ませ合って淫靡な水音を奏でれば、全身が瞬く間に熱を帯びた。自分から積極的に甘嚙みし、卑猥に唾液を混ぜ合わせる。

「……は、ぁ……」

ささやかな膨らみを大きな掌で包まれ、硬くなった頂を擦られた。疼く秘裂には、リュミエの膝が擦り当てられ、細かな振動を与えてくる。

「……んっ」

そこはあっけなく潤み、既に綻び始めている。彼の指先に開かれた花弁は、トロリと愛蜜を垂らし、歓迎の意を示した。

「アルエットのいやらしい姿や声も大好きだ」

「や、ん……っ」

淫らな言葉にのぼせそうになり、クラクラする。

リュミエの人差し指と中指が淫路を犯し、内壁を擦り立てた。同時に親指で花芯を刺激され、快楽が一気に膨らむ。

チカチカ明滅する光が弾けるまでに、時間はかからなかった。

「……ぁ、あああ……ッ」

ビクッと全身が引き絞られ、爪先が丸まった。ソファーの座面の上で、思うように動けないのがもどかしい。けれどそんな不自由さも、興奮の糧になった。

「アルエット……」

太腿に硬い楔が擦りつけられ、彼の屹立《きつりつ》の先端からは既に透明の滴が滲んでいるのが伝わってくる。早く繋がりたいと言いたげに性器同士を擦りつけ合う淫蕩な水音が、二人の官能をより掻き立てた。

「……ぁ、あ……」

「そのまま、脚を開いていて……」

片脚を持ち上げられ、蜜口にリュミエの剛直がキスをしてくる。期待に満ち溢れた眼差しをアルエットが向ければ、彼もまた情欲の燃え盛る視線を返してくれた。

「君のそういう目……挑発的ですごくゾクゾクする……っ」

「ふ、ぁ……ッ！」

リュミエの肉槍に媚肉が限界まで押し開かれる瞬間は、何度肌を重ねても苦しい。だが太い部分が完全に体内に収まり奥へ進むうち、快楽だけが大きくなる。こそげられる濡れ襞は、貪欲に愉悦を拾った。

「あぁああっ」

アルエットの内側は、すっかり彼の形に馴染んでいた。挿《い》れられただけで軽く達してしまい、不随意に中が蠢く。その動きが気持ちいいのか、リュミエが眉間に皺を寄せて耐えている。彼の切なく官能的な姿に、一層アルエットの喜悦が膨らんだ。

「……っ、最初からそんなに締められたら、あまりもたない……っ」

「や、ぁん……っ、分からな……ぁ、あぁッ」

楔の先端が、アルエットの弱い部分を抉る。そこは理性を奪い取る場所。すぐさま悦楽の水位が上がって、髪を振り乱さずにはいられなかった。

「だ、駄目……っ」

「駄目になっていいよ」

「ふ、ぁ……ッ」

抱えられた片脚に舌を這わせられ、ゾクゾクとした感覚が駆け巡る。唾液で湿った肌はより敏感になるのか、ただ摩られるだけでも多大なる快楽を生み出した。

「んぅ……、ぁ、あぅっ」

最奥を小突かれ、互いの陰部が密着したまま腰を回されれば、すっかり過敏になった濡れ襞がぎゅうぎゅうに収斂するのが分かった。

狭まる肉道を引き剝《の》がすようにリュミエが腰を振り、二人の肌がぶつかって拍手めいた音が鳴る。絶大な快感に仰《の》け反《ぞ》れば、より深く鋭く突き上げられた。

「ひぁああッ」

上へずり上がり法悦を逃そうとしても、肘置きがあるせいでこれ以上は動けない。それ以前に強い力で腰を押さえられ、アルエットは激しい抽挿を受け止める以外できなかった。

隘路を攪拌《かくはん》され、蜜液が掻き出される。

生温い滴が尻を伝い落ち、ソファーには淫らな染みができているかもしれない。けれど恥ずかしいと思う余裕もなく快楽に翻弄された。

「あんッ、ア、あ、ァあああ……ッ」

もはや声を抑えなければという羞恥心も霞《かす》み、彼の動きに合わせ自らも腰を振って、共に絶頂を目指して駆け上がった。

乱れる息の狭間で舌を絡めるキスをして、両手で相手の身体を弄り続ける。汗まみれの肌は滑り、アルエットは自分の脚をリュミエの身体へ絡めた。

もっとくっつきたい。いっそ一つになってしまいたい。

繋がっているだけでは満足できなくなっている己の貪欲さに呆れてしまう。抜け出ていく彼の剛直を引き留めたくて、無意識に下腹へ力を込めた。

「……っく」

「は……大きい……っ、私の中、リュミエ様でいっぱい……」

明らかに質量が増したものを慈しむように、アルエットの蜜路が蠢いた。

リュミエは目を閉じて息を整えている。吐精の衝動をやり過ごしたのか、数秒後にこちらを軽く睨みつけてきた。

「……そういう発言をされたら、我慢できなくなる」

「我慢、しなくていいですよ……」

アルエットの体内でヒクつく楔が愛おしい。もっと自分に夢中になってほしい。手放したくないと思ってもらいたかった。

「後悔しても、知らないよ？」

口角を上げた彼は震えるほど美しい。いつも以上に色香を振りまき、視線が奪われた。強い酒に酔った心地で、平衡感覚が失われる。それがまたアルエットの官能に火をつけた。

「あぁ……ッ」

唐突に荒々しくなった律動に揺さぶられ、泣き喘ぐだけになる。下手に話そうとすれば、舌を嚙んでしまいかねない。そうでなくても、まともな言葉を紡ぐ余裕はなかった。

「んん……っ、ぁ、あああッ」

貪婪《どんらん》な快楽に幾度も意識が飛びかかり、しかしその度に激しく穿《うが》たれ、快感で引き戻された。聞くに堪えない淫音が大きくなって、二人分の喘ぎが室内に満ちてゆく。淫靡な匂いも充満し、さながら世界に二人だけしかいない錯覚に陥った。

「やぁあ……も、ぁ、あッ」

限界が迫る。男の精を強請るように子宮が下り、入り口を抉じ開ける勢いで突き上げられた。最奥を容赦なく抉られて、四肢が強張る。

放り出された果ては、この上なく甘美だった。

「……あああぁ……っ」

「……っ、アルエット……ッ」

熱液が腹の中を勢いよく叩く。迸《ほとばし》りは熱く、情熱的にアルエットの内側を濡らした。

その最後の一滴まで味わい尽くそうと、女の淫道が蠢く。

「あ……あ……リュミエ様……」

絶頂で弾けた五感がゆるゆると戻ってくる。同じ体温になった身体は、融《と》け合《あ》わないのが不思議なほど。

なかなか去らない余韻の中キスを交わし、涙で歪む視界は愛する人だけを捉えた。

「……アルエットは、他の誰よりも素敵だ。愚かな幼馴染の言葉なんて、忘れてしまえ」

正直、過去のことは抱き合っている間にとっくに忘却の彼方へ追いやられていた。

強がりでも何でもなく、そうさせてくれたのはリュミエだ。彼の言葉でアルエットがどれほど救われたのか、説明することは難しい。

だからアルエットは、リュミエの頭を自らの胸へ抱き寄せることで想いを告げた。

「……はい。きっとこの先は、思い出すこともありません」

今の自分の表情が彼から見えないことにホッとする。
幸せなのに胸が痛くて、理由の分からない涙が止まらなくなっていたから。
——あとどれくらい。この人の隣にいるのを許されるだろう……
どうか一日でも長く。願いは祈りに近かった。

6　そして伴侶になる

リュミエの従兄弟、テオドールが強引に迫った貴族令嬢の父親を怒らせ、正式な抗議を受けたという話を教えてくれたのは、ラリサだった。

リュミエとアルエットが招かれた場所はラリサの生家にある温室。彼女自らが世話をしているというそこは、沢山の花と緑が生き生きと茂っている。やや湿度が高く、さながら異国めいた空気だった。

「流石に当主様もご立腹で、後継者候補から外されたそうよ。ヨハネスお兄様も辞退するようだし、事実上、私のお祖父様とリュミエールの一騎打ちね」

嫋《たお》やかに微笑むラリサは、特に自分の祖父を応援しているわけでもないらしい。完全に中立なのか、リュミエに対してもごく普通に接してきた。

「……ラリサは大叔父様に次のルブロン伯爵になってほしい？」

「私はどちらでも構わないわ。でも、お祖父様が継いでも、またすぐに後継者争いになるのは目に見えている。お祖父様の子どもは他家に嫁いだ私の母しかいないもの。若い後妻を迎えたいみたいだけれど、お母様が大反対して上手くいっていないわ。だったらリュミエールの方が相応しいのではないかしら？　支えてくれるディラン様もいらっしゃることだし」

リュミエの直球の質問にも、動じることなく彼女は笑みを深める。

立場的に敵対してもおかしくない関係だが、そんなつもりは毛頭ないことが伝わってきた。

——本当に、穏やかないい方なのね……

他の親族らとは天と地ほども違う。

アルエットは手持ち無沙汰をごまかすように、茶が注がれたカップを口に運んだ。

彼女が素晴らしい女性なのは間違いない。おそらく、かつてリュミエにとって唯一の拠《よ》り所《どころ》だったと言っても、過言ではないだろう。

だからこそ——気まずかった。

儀礼的な笑みを張りつけ、内心は複雑だ。これがいっそラリサが鼻持ちならない女であってくれたなら、まだ救われた気もした。怒りで己を鼓舞できるからだ。

しかし現実はままならず、嫌なところを見つける方が難しい。逆に彼女へ忌避感を持ち粗を探そうとしている自分に、アルエットは嫌悪感が募った。

——これは、ただの嫉妬だ。

いつかリュミエが自分よりもラリサを選ぶのではないか怯えている。彼女がいい人であればあるほど大きくなる不安と醜い気持ち。いずれ黒い感情に呑み込まれてしまいそうで、それが何よりもアルエットは怖かった。

「でも、一つ分からないことがあるのよ。テオドールお兄様がつき纏っていた方とは、示談が成立したと聞いていたのに、何故また騒ぎが大きくなったのかしら？　リュミエール、何か知っている？」

ラリサがおっとりと首を傾げる。

リュミエが身じろぐ気配を感じ、アルエットもつい顔を上げた。

「いいえ。ただ……その後もしつこく手紙を送ったせいだと耳に入っているわ」

実は示談を纏めるために奔走したのは、リュミエだ。故にその後のテオドールの暴挙は、裏切りにも等しい。相手の令嬢にはもうつき纏わないと念書を書かせた場に同席していたアルエットとしても、憤りを隠せなかった。

——あの時の反省は演技で、内心では舌を出していたの？　まったくヨハネス様といい、揃いも揃って……

ラリサへ苛立ちを抱きたくない分、つい従兄弟らに怒りが向く。

リュミエの計画ではテオドールに恩を売り、かつ弱みを握って穏便に彼を後継者争いから排除するつもりだったようだが、台無しである。

結局、ことは公にされてしまった。しばらくは醜聞として社交界を賑わせるだろう。

——それよりも相手のご令嬢にとって、傷にならなければいいけれど……

この際、ルブロン伯爵家が色々言われるのは構わない。しかし巻き込まれた形の相手が可哀想《かわいそう》だ。リュミエもアルエットと同じ考えらしく、だからこそ内々に解決することを望んでいたのに。

「そうなの……では自業自得ね。テオドールお兄様ったら仕方のない方……」

「テオドールお兄様に関しては、私もそう思っているわ。でもお相手の方にこれ以上の迷惑がかからないよう何らかの手を打たなくちゃ。ルブロン伯爵家と揉めたという醜聞だけでも大変なのに、二人の間に何かあったなんて噂が広がれば、彼女にとって致命傷だもの」

「ああ、言われてみればその通りね。リュミエールは本当に思慮深く優しい子だわ」

慈悲深い顔で、ラリサが何度も頷いた。その表情は心底憐《あわ》れみを湛えている。『自分にもできることがあれば協力する』とまで言ってくれた。

「ありがとう、ラリサ。心強いわ。——あぁ、もうこんな時間。ついお喋りに夢中になってしまったけれど、そろそろ私たち帰らないと。行きましょう、ディラン」

「え、まだもう少しいいじゃない。お茶のお代わりも飲んでいって」

目配せしてくるリュミエの意を汲み、アルエットも腰を上げる。しかしその時、ちょうど背後から茶を注ごうとしていたメイドとぶつかった。

「……あっ」

「も、申し訳ありません！」

湯気を立てる茶が、アルエットの肩から胸にかかる。幸いにもジャケットとシャツを着ている上、さらしを巻いているのであまり熱くはない。

だが蒼白になったラリサが椅子を蹴倒す勢いで立ち上がった。

「大変！　すぐに着替えて冷やさないと……！」

「あ、その大丈夫です」

驚いただけで、火傷《やけど》を心配するほどでもなかった。それより着替えるのも冷やすのもごめん被りたい。万が一素肌を晒せば、ディランが男ではないことが露見してしまうからだ。

「ディラン、これで拭いて」

リュミエがハンカチを取り出し、濡れた部分を拭ってくれる。彼も焦っているのか、若干顔色が悪かった。

「本当に大丈夫なの？」

「はい。この程度、何てことありません」

もしここにラリサがいなければ、彼はすぐさま脱いで見せろと言いかねない剣幕だった。常日頃、冷静なリュミエにしては珍しい。

とはいえ、彼もここでアルエットを着替えさせるわけにはいかないと思っているのだろう。慌てた様子でラリサを振り返り「もう失礼するわ」と告げた。

「待って、リュミエール！　私だってこのまま帰らせるなんて失礼な真似できないわ。とにかく着替えを用意させて。貴女、大至急準備してちょうだい！」

「ラ、ラリサ様、申し訳ありません！　本当に申し訳ありません！」

「謝罪は後で聞くわ。それよりもお客様の着替えをお手伝いして」

茶をこぼしてしまい焦っているメイドに命じ、ラリサがやや強引にアルエットの手を引いた。

華奢で染み一つない白い手を振り払えるはずもなく、そのまま温室の奥の出入り口まで連れていかれる。この温室は表と裏の二か所から出入りできる造りになっているため、先ほど入ってきた場所とは違うこちら側は、屋敷に近いらしい。

その時ふと、微かな芳香がアルエットの鼻腔を擽った。

――あれ、この匂い……どこかで？

だが掠めた記憶は、温室を一歩出れば霧散していた。

「彼女に案内させるので、屋敷の中で着替えてください。本当にごめんなさいね」

「あ、いいえ……」

平謝りするラリサを責めるつもりは毛頭ない。それに青褪《あおざ》めて震えるメイドを叱責する気もアルエットにはまったくなかった。

――この人、私が固辞したら余計に困ってしまいそう……

失敗しただけでなく主の命令に従えなかったとしてメイドは罰を受けるかもしれない。それなら着替えだけでもした方がマシかと思い直した。

――一人で着替えられると言って、部屋から出てもらえばいいものね。

「こ、こちらへ」

メイドに案内され、邸宅の中へ入る。連れていかれた先は客間らしく、そこでアルエットは半泣きの彼女から着替えのシャツとジャケットを渡された。

「あのっ、お気に召さなければ別のものを用意いたします……！」

「いえ、平気です。それより、貴女こそ火傷していませんか？」

「は……え？」

アルエットに心配されるとは思ってもいなかったのか、メイドは真っ赤になった目を見開いた。数秒してようやく意味が理解できたのか、彼女はブンブンと首を横に振る。

「わ、私のことなんて……」

「でもそちらの手にもかかったと思う。早く冷やしてください」

「あ、ありがとうございます……失敗した私を罰するでもなく案じてくださるなんて……」

「私は一人で着替えられます。ですから貴女は火傷にならないよう手当てしてください」

感激に瞳を潤ませ恐縮するメイドを半ば部屋から追い出して、アルエットは濡れたジャケットとシャツを脱いだ。

思った通り茶の大半がさらしに吸われており、肌までは届いていない。やはり着替えるほどではないなと思ったが、その時急に違和感を覚えた。

——あんなに怯えるなんて……ラリサ様はとてもお優しそうなのに……

彼女ならば使用人の失敗など笑って許しそうだ。それとも祖父である大叔父がよほど厳しいのか。

物思いに耽るアルエットの手が止まった時、部屋の外から声がかけられた。

「あの……お客様。着替えは終わりましたでしょうか？」

「あ、待ってくれ。あと少し——」

慌ててアルエットはシャツのボタンを全てとめ、ジャケットを羽織った。質のいい布地が心地よく身体を包んでくれる。サイズはちょうどよく、これなら男性に見えると安堵した。

「失礼いたします——ああ、大きさは問題なさそうですね。よかったです」

部屋に戻ってきたメイドはよほど緊張していたのか、長く深い息を吐いた。その怯えきった様が気の毒で、アルエットは表情を和らげて殊更丁寧に礼を告げた。

「ピッタリです。ありがとう」

「……っ、私に礼など……勿体ないお言葉です」

「そんな大げさな。それより自分の手当てはしましたか？」

「いいえ、とんでもない。仕事中に私用で抜けるなんて滅相もありません。叱られてしまいます」

——え？

指先を赤くしたまま、彼女は深く頭を下げた。このまま放置すれば、水ぶくれになってしまいかねない。早めに処置をすれば問題なさそうなのに、何故そこまで頑なのかアルエットは疑問を感じた。

「けれど悪化させれば、仕事に支障が出るのでは？　貴女だって痛いでしょうに」

「……お優しいのですね……――この家の方々とは大違いです……」

ザワリとアルエットの心がさざ波立った。

先ほどから小さく明滅していた違和感が、おもむろに首を擡げる。

何かが、おかしい。

確かに大叔父ならば使用人たちなど道具同然に見做していそうだが、ラリサは違うだろう。

怪我の治療をするため少しばかりメイドが抜けても、文句は言わないのではないか。

あの優しく穏やかな女性であれば――

――本当にそう？

つい先刻の会話が突然アルエットの頭の中で再生された。

テオドールの暴走に巻き込まれた令嬢が醜聞に塗れなければいいとリュミエがこぼした際、ラリサは『言われてみればその通り』だと言ったのだ。つまり指摘されるまで、まったくその可能性を考えていなかったことに他ならない。

ラリサが一番に口にしたのはテオドールへの辛辣な『自業自得』という言葉だった。

思い返せばあの瞬間も、アルエットは僅かな引っかかりを覚えたのだ。

ただその時は、それが何なのか深く考えはしなかった。

――あんなに気遣いのできる、親切な方が……被害者とも言える女性にまず寄り添わないなんて……？

警戒音が頭の中に鳴り響く。

初対面の時から、ラリサは完璧な淑女だった。それこそ非の打ち所がないレディそのもの。所作も容姿もこの上なく美しく優雅で、本来であればアルエットが憧れを抱かずにはいられないほど――だが最初から何故か自分は彼女に心酔することはできなかった。

リュミエとの仲を邪推したことだけが原因ではない。

上手く言葉にしきれない『何か』がラリサを拒んでいたのだと思う。

――私はずっと、自分の勘を信じて生きてきた……

己の内なる声に耳を傾け、様々な窮地も乗り切ってきたし、ここぞという決断だって下してきた。

無謀と言われようとここまで道を切り開いてきたのは自分の力。そして己の直感を蔑《ないがし》ろにしなかったからだと思っている。

――単純な嫉妬なんかじゃない……私は……ずっとラリサ様に違和感を抱いていた――

たぶん最初から。明確な説明はできなくても、アルエットの心に引っかかるものがどこかにあったのかもしれない。

たとえばちょっとした視線の色。ふとした声音の変化。さりげない仕草に。見えるものだけが全てではない。もっと言えば、相手が見せているものだけがその人の本質ではないのだ。

——思い出した……さっき温室を出る直前に嗅いだ香り。あれは、例のカードから微かに漂っていたものと同じじゃないの……！

カードの残り香はあまりにも仄かなものだったので、すぐには思い至らなかった。けれど間違いない。

様々な植物の匂いが混じり、独特な香りになった温室内で、特に出入り口の芳香が濃くなっていた。そこには一鉢だけ、濃密な香りを漂わせる珍しい花が咲いていたではないか。

「まさか……」

あり得ない、と頭では思う。それとも心が拒否したいのか。

だがアルエットは、この世の奇怪さを、嫌と言うほど既に知っていた。

自分がこうして男装をし、女装をした貴族の偽婚約者に抜擢されるくらいなのだ。もはや何があっても不思議はない。これまで持ち込まれた依頼だって、到底理解し難い動機によるものも沢山あったではないか。

人は見た目で判断してはいけない——時にその言葉は、『いい人間に見えたとしても、簡単に信用してはならない』という意味にもなり得る。

「……ラリサ様は、普段どんな方……？」

一般的な使用人なら、仕える主人について軽はずみなことは言わない。けれどアルエットに優しく接されよほど嬉しかったのか、目の前のメイドは迷いながらも答えてくれた。

「──厳しい方です。些細な失敗も許してはくださいません……とても、その、怖い方でもあります。目的のために手段を選ばないというか……そして隠すのがお上手です……」

──リュミエ様……！

どうやっても繋がらなかった欠片が、次々に嵌《は》まってゆく。

一向に解消されない違和感。そぐわない犯人像。手口の違い。

どう考えても、大叔父や従兄弟らがリュミエの両親を死に至らしめたとは思えなかった。彼らの言動と犯した罪の重さが釣り合っていなかったから。だが新たに手に入れた『ラリサの本当の為人《ひととなり》』という欠片を嵌め込めば、これまでとはまったく別の完成図が立ち上がった。

表向きは穏やかで優しく聡明な女性。しかし人は誰でも仮面を被って生きている。

アルエットも、リュミエも例外ではない。

まだラリサに二度しか会っていない自分が、本当に彼女の裏側を見抜けているとは考えられなかった。

──ああ、でもそんな……リュミエ様のご両親が亡くなった時、ラリサ様は十代でしょう？　まだ子どもじゃない……！

考えても分からない。思考は泥沼に沈むだけ。けれど自分の勘が『急げ』と命じる。

アルエットは、メイドを置いて全力で駆け出した。

「お客様！」

叫ぶ彼女を振り切って、来た道を引き返す。

無礼だなんて言っていられない。階段を駆け下り、靴音を荒々しく鳴らし脇目も振らず一直線に。

転がる勢いで温室に飛び込めば、そこにはテーブルに突っ伏したリュミエと、彼の背に頬をのせうっとり目を閉じたラリサがいた。

「リュミエ様！」

二人きりの時以外は決して呼ばないよう気をつけていた、彼の本当の名前を叫んでしまった。それも、低く声音を作る余裕もない。

怪訝な顔をしたラリサが瞼を上げ、こちらを見て眉を顰めたが、そんなことに構うことすらアルエットは忘れていた。

「リュミエ様から離れてよ！」

彼は目を閉じているものの、呼吸はしているようだ。ゆっくり上下する背中に、アルエットはくずおれそうな膝を必死で踏ん張った。

「……ディラン？　貴方その声……まさか……——女なの？」

いくら男の格好をしていても、気をつけて振る舞わなければどうしたって女の所作が出てしまう。今のアルエットは、男性を演じなければならない事実も吹き飛んでいた。

温室の床には、転がり落ちたカップが割れ、琥珀《こはく》色の液体がこぼれている。

初めに注がれた茶は飲みきっていたから、『お代わり』として新たに注がれたものだろう。本当なら、アルエットも口にするはずだった液体に、何らかの薬が混入されていたに違いない。

——最初からこうするために私たちを呼び出したの……っ？

意識を奪い、その後何をするつもりだったのか。考えるだけで背筋が冷えた。

その上まるで悪びれた様子のないラリサの態度も、不気味でならない。

彼女は悪意の感じられない表情で、アルエットを見ていた。こちらが息を乱し、険しい顔をしているのが心底不思議でならないと言いたげに。

「随分早く着替えが終わったのね。治療は受けていないの？　あの子ったら、お客様に怪我をさせて、お医者様もお呼びしていないのかしら……まったく、使えない。後で私がきちんと罰を与えておくから、どうか許してね」

ラリサが親切に接するのは、自分にとって大切であり、かつ同格な相手に対してだけなのだと、唐突に悟った。

それだけなら、特別悪いことではない。貴族としての立場を考えても、普通だ。

しかし極端すぎると感じるのは、彼女が未だにリュミエの背に手を置き、さも愛しげに撫でているからだろうか。

意識のない彼の頬に我が物顔で触れ、髪を梳いているのも異様な光景だった。

「……ラリサ様……貴女だったんですか？　リュミエ様のご両親を殺めたのは……」

警戒音が、アルエットの頭に響く。今や耳鳴りのように煩く反響していた。

——この人は、これまで出会ったどんな悪意とも違う……

誰かを貶め、傷つけたいとか、支配したいなどの欲とは別物。虐げ悦に入っているわけでもない。拗《こじ》れた劣等感や嫉妬とも重ならない、正体不明の何か。

そのある意味純粋な悪意は、美しい女性の姿で柔らかく微笑んだ。

「あら……どうして分かったの？　私、とても上手くやったと思うのだけど」

「……っ」

喉が委縮し、漏れ出たのは声にもならない悲鳴だった。

アルエットに罪を暴かれても何も思うところはないのか、ラリサは平然としている。逆に上機嫌でさえあった。うつぶせたリュミエの耳を美しい指先で弄る様子は、さながら恋人同士の戯れに見える。全てが、歪な悪夢めいていた。

「……大叔父様に爵位を継がせ、いずれはご自分がルブロン伯爵家を我が物にするつもりだったのですか？」

ここへ走って来るまでにアルエットが思いついた動機はそれくらいだ。

けれどだったら、今リュミエは生きていないだろう。意識を奪うだけでは済まなかったに違いない。彼がまだ息をしている――それだけを希望に、アルエットはジリジリとラリサへ近づいた。

「え？ そんなことは考えたこともないわ。面白い発想ね」

緊張感で壊れそうなアルエットとは裏腹に、彼女は朗らかに笑った。その姿だけを見ていたら、目の前で起こっている現実を忘れそうになる。

何もかも悪い夢。ただの妄想。そう錯覚しそうになり、アルエットは拳を握り締めた。

「だったら、どうして……」

「決まっているわ。全部リュミエールのためよ。大好きなこの子に、全てをあげたかっただけ」

「……え？」

命を奪われた犠牲者は、彼の両親だ。アルエットは理解できず、愕然と瞠目した。

「リュミエールはね、とてもいい子なの。だから一日でも早くルブロン伯爵家を継ぐのが相応しいわ。それこそがこの子のため。だったら邪魔者は排除してしまえばいいじゃない？」

「排除って……だってご両親は……」

「本当はこの子の母親だけ退場させるつもりだったんだけど、失敗してしまったわ。まだおじ様には利用価値があったのに残念」

リュミエールの足枷《あしかせ》にしかならない身分が低い母親なんて、いない方がいいでしょう？と言う彼女の口調には、正義を全うしていると信じて疑わない響きがあった。

だからこそ、どこにも罪悪感が見当たらない。後ろめたさがない故に堂々とし、純粋で無垢な微笑みを湛えていた。

彼女の価値観では、『大事なもの』と『それ以外』がはっきりしている。

前者ならば真綿に包んで大切にし、後者ならば路傍の石と変わらない。しかもあくまでも己の価値観に沿ったやり方で、善意を振りまいていた。

自分を正しいと信じて疑わない歪さが垣間見える。絶対的正義を標榜する恐ろしさに、アルエットはよろめいた。

「そんなの……おかしいです」

「どこがおかしいの？　ディランは面白いことを言うのね。全部リュミエールのためなのに」

「貴女のしていることのどこが、リュミエ様のためなんですか！」

独り善がりな狂気だ。そこには、彼自身の望みや願いなど一つも反映されていなかった。

ただラリサがいいと信じているものを押しつけているだけ。仮にそれがどれほど素晴らしいものであっても、相手が欲しがっていなければ大きなお世話でしかないのに。

リュミエが求めているのは、ささやかな家族との幸せだった。貴族としての生活はむしろ彼を苦しめていたに過ぎない。それを、ラリサは欠片も理解しようとしていなかった。

「……ところで、さっきから貴女は誰のことを呼んでいるの？　リュミエって、もしかしてリュミエールのこと？」

「あ……」

しまったと焦ったが、もう遅い。

ラリサは数度瞬いて、「ふぅん」と呟いた。

「貴女だけが呼ぶ愛称のようなもの？　そんなにこの子から愛されて……だけどディランは女の子よね？　同性同士で恋人だなんて人に知られたら厄介なことになるわ」

――この方は、リュミエ様の本当の名前を知らないの……？

彼がラリサを信頼していたのは間違いない。けれどリュミエの秘密に触れ、かつ踏み込むことを許されたのが自分だけだと悟ると、アルエットの中に力が湧いてくる気がした。

自分だけ。歪な満足感は、決して褒められたものではない。それでも高揚する思いは、あまりにも正直だった。

同時に、テーブルの上へ投げ出された彼の手を取り、指を絡めて繋ぐラリサに怒りが込み上げる。

「リュミエ様に触らないで……！」

「リュミエールは男性より女性の方が好きなのかしら？　だったら私の方がこの子を支えるには相応しいと思わない？　だって、私は初めて会った時からリュミエールが好きだったの。この子が特別な人間なのは、すぐに分かったわ。だからどんなことでもしてあげようと決めたのよ」

それが人を殺めることであっても。

揺らがないラリサの思考には、彼女なりの筋が通っているのかもしれない。おそらく常人には計り知れない整合性もあるのだろう。

だが、アルエットはそれらを理解したいとも思えなかった。

どこまでも身勝手な感情をぶつけているだけ。それを愛情だなんて、呼びたくもない。

正しいか過ちか以前に、ラリサがリュミエを傷つけたことが何よりも許せなかった。

「リュミエ様がご両親を亡くされて、どれほど悲しまれたか……」

「親は子よりも先に死ぬものよ。少しばかり早まっただけだし、おかげで早く爵位を継げるじゃない。いったい何が問題なの？」

「リュミエ様は、爵位なんて欲していませんでした……！」

彼にとって家族と引き換えにしてもいいものなんて一つもなかった。ルブロン家の中で得られるものは、リュミエの望みと重ならない。けれどそれがラリサにはまるで分かっておらず、彼女はアルエットの言葉に首を傾げただけだった。

「そんなはずないわ。貴族であれば、一族の当主になる夢を抱くのは必定だもの」

「違います。それは、ラリサ様の望みであって、リュミエ様の願いではありません……！」

言葉が、通じない。

同じ場所で、同じ言語を使っているはずなのに、微塵も通じ合える気がしない。言葉を交わすほどに自分たちの立ち位置は離れてゆく心地がした。

たぶんそれは、アルエットの思い込みではない。

互いに理解する気がないから、相手の言葉はどちらにも届かないのだ。虚《むな》しく霧散する雑音と一緒。どうやっても、アルエットとラリサが同じ結論に至れる道はなかった。

「おかしいことを言うのね、ディラン……リュミエールにとって貴女は必要な人間かと思ったけれど……この子の邪魔になるなら、いらないわ」

微笑みは拭われないまま。軽やかな声で下されたのは、恐ろしい宣告。

それまでずっとリュミエから離れなかったラリサが立ち上がり、アルエットに一歩近づいた。優雅な足どりは、踊るようでもある。

一見するだけでは、彼女の狂気は窺えない。だが言っていることはめちゃくちゃだった。

自分の理想をリュミエに当て嵌め、彼のためだと嘯《うそぶ》いて、本人が望まない未来を勝手に用意する。それは迷惑などという言葉では到底表せない『災厄』も同然だった。

――リュミエ様を助けなくちゃ……でもどうやって？

彼はテーブルに突っ伏して目を閉じている。アルエットにリュミエを抱えて逃げるのは難しい。きっとすぐに捕まってしまう。

――いっそもっと私の身体が大きく筋骨隆々で、男性に負けないくらいの腕力があったらよかったのに……！

彼を救えるなら、女性らしくなくてもいい。理想の姿から今以上にかけ離れ、誰かに陰口を叩かれても構わなかった。たったそれだけのことで大事な人を守れるなら、安いものだ。

「……リュミエ様は、ラリサ様を信じていました……だから余計に、私は貴女が許せない」

この事実を知れば、彼は確実に傷つく。

よりにもよって憎むべき犯人がラリサだなんて、できればリュミエには知らないでいてほしいとアルエットは願った。あんなにも優しい顔でラリサのことを語っていたのに。

これ以上、彼が痛めつけられるのは見たくない。もう充分、彼は傷を負っている。今度は致命傷になりかねない。それだけは、何としても回避したかった。

「貴女が私を許さない？　何の権利があってそんなことを言うの？　婚約者と言っても、女同士じゃどうしようもないじゃない」

「だとしても……リュミエ様を誰よりも愛しているのは、私です！」

己の恋心をはっきりと口にしたのはこれが初めて。

声は少しだけ震えた。それでも温室内に響き渡るほどの大きな声で言えたことが嬉しい。

もしかしたらこれが最後になるかもしれないからだ。

本当に聞いてほしい人が眠っているからこそ、口にできた想い。今後はきっと二度と明かすことも許されない。だから堂々と宣言できたことが、アルエットには誇らしかった。

「……ふ、ふふふ。何を言っているの？　リュミエールを一番愛しているのは、私よ。お前にはこの子のために手を汚すことなんてできないでしょう。だけど私はできるの。これから先もね」

「確かに、私にはリュミエ様のために罪を犯すことはできません。でも……もしリュミエ様が罪を犯しそうになったら——全力で止められます」

結果的に彼に嫌われることになっても、リュミエが大罪に手を染めるよりはずっといい。憎まれたとしても——彼には陽の当たる道を歩いてほしかった。

そうやって互いに支え合うことが、アルエットにとっての愛だ。全部を肯定するのでも、一方的に供給し続けるものでもない。ましてや、自分の理想を押しつけるのは、もっと違うと思った。

「そんなもの、愛じゃないわ。大事な人の望みを叶えてあげることこそ、本物の愛情よ」

やはりどれほど言葉を尽くしてもラリサには届かない。平行線の会話には、虚しさだけが堆積した。

――駄目。私がリュミエ様のもとを去らなければならないのは耐えられても、彼をラリサ様の傍に置いてはいかれない……！

彼女が一歩踏み出す度に、アルエットも後ろに下がる。さほど広くない温室はすぐに行き止まりになった。

壁際に置かれた鉢にアルエットの足が当たり、これ以上は下がれないことを悟る。青々とした緑が、場違いにも鮮烈な色彩となって目に飛び込んできた。

――格闘ならきっと私の方が強い。だけど彼女が大声を上げれば、大勢の使用人たちが飛んでくるに決まっている。騒ぎになれば、私が捕まるだけじゃなくリュミエ様の秘密が露見しかねない。彼を無傷で連れ出すには、いったいどうしたら――

いくつもの策を考えては却下して、焦燥ばかりが募ってくる。その間にも、二人の距離はどんどん縮まっていった。あともう半歩でラリサの手がアルエットに届く時。

「――ラリサ。貴女は私の望みを理解していないのに、どうやって叶えてくれるの？」

小柄な彼女の背後で、動く影があった。

今この温室の中にいるのは、三人だけだ。アルエットとラリサ、それから眠っているはずのリュミエだった。

「え、リュミエ様……っ？」

「リュミエール……どうして？　まだ薬が切れる時間ではないのに……」

初めて驚いた顔をして、ラリサが振り返った。

そこには立ち上がったリュミエがいる。彼は軽く首を回すと、苦く笑った。

「……貴女がお茶に何か入れたのは気づいていたから、一芝居打ったんだよ。——音楽会に誘うカードには、甘い匂いが残されていた。あれは昔からラリサが好んで育てている珍しい花の香りでしょう？　……今も変わらずあの花が好きなんだね」

「分かってくれたのね！　嬉しいわ、リュミエール。私、どうしても貴女に会いたくて、カードを送ったのよ。名前を伏せたのは、その方が面白いし、リュミエールなら私だって気づいてくれると信じていたからよ！」

苦い顔をした彼の様子は気にならないのか、ラリサは輝くばかりの笑顔で頬を染めた。アルエットの存在など忘れたようにリュミエへ駆け寄り、背伸びして彼に抱きつく。

だがリュミエが彼女を抱き返すことはなかった。

「……どうしたの？　リュミエール」

いつもとは様子の違う彼にようやく思い至ったのか、ラリサは綺麗な瞳を瞬いた。腕はリュミエの背に回したまま、彼の顔を覗き込む。それでも黙したままのリュミエに焦《じ》れたらしく、愛らしい困り顔になった。

「まぁ、貴女ったら、もしかして怒っているの？　私が何かしてしまったかしら？　ディランと意見が食い違ったことが気に入らない？　だったら謝るわ、ごめんなさい。でも全てはリュミエールのためなのよ。いずれ貴女にも理解できるわ」

愛らしい声は邪気もなく、澄みきっている。

けれどそれこそが恐ろしくて、アルエットは全身を震わせずにいられなかった。

――ラリサ様は……傲慢なのではなく、何かが壊れている……

言うなれば、透明な悪意。価値観の違いどころの話ではない。もっと根本的に分かり合えない溝があった。

常識も倫理観も見ている現実も重ならない。その事実が途轍もない恐怖を掻き立てる。

気持ちの上では、今すぐ彼女をリュミエから引き離したい。それなのにアルエットの足は動いてくれなかった。恐ろしくて全身が竦む。

戦慄くばかりの膝は役立たずだ。けれど委縮する全身を叱咤し、何とか一歩足を踏み出した。誰よりも愛しい人を守りたい一心で。

「リュミエ様……っ」

「ねぇラリサ、私の父の兄……伯父様たちを殺めたのも貴女？」

「まさか！　流石にそこまではしていないわ。あれは純然たる偶然よ。当時はリュミエールの存在も知らなかったし……でもお二人が死んでくださったから、貴女は伯爵家に戻ることができた。だから感謝しないとならないわね。それともこれこそ運命かしら」

無邪気に人の死をありがたがるラリサに、アルエットはゾッとした。だが煌めく瞳で見つめられたリュミエは、ゆっくりと瞬いただけだった。

「ラリサ、教えて。どうして私の母を殺そうと思ったの」

「あら、さっきの話を聞いていたのね。言った通りよ。元使用人が母親では、今後貴女の経歴に傷がつく。今のうちに排除しておくべきだと思ったのよ」

人の命や意思を尊重する考えは、彼女の中にはなかった。なまじ頭がいいせいで、取り繕うのが上手い分、誰にもこの異常が見抜けなかったのか。

ここまで歪んだ思想を熟成させるまでに、気づく者がなかったことが悔やまれる。

もし一人でもラリサの異変を察知していたなら、今の状況は確実に変わっていたはずだ。

「……私の、ため？」

「当然じゃない！　これからもリュミエールの障害になるものは、取り払ってあげるから安心して。八年前はお祖父様の言いつけで遠方に嫁がなくてはならなかったけれど……今度はそうならないようにもっと上手に立ち回るわ」

どこまでもラリサの笑顔は純真だった。

アルエットには一生かかっても共感できない考え方。そしておそらく、リュミエも同様だった。彼は一度強く目を閉じ、数秒後に瞼を押し上げる。

現れた青い双眸は、強い決意を湛えていた。

「……ラリサ、それでも君でなければいいと思っていた」

その声は、完全に男のもの。わざと高めに作った声音ではない。表情も仕草も、『令嬢』を演じるのをやめたリュミエからは、女性的な柔らかさが消えていた。

「……え、リュミエール……？」

ラリサの表情が如実に曇る。にこやかに細められていた瞳は、訝しげに見開かれた。

「ラリサの知っている私は、全部作り物だよ。それなのに貴女が私の何を理解できるの？　私だって——貴女のことを、本当は何も見えていなかったみたいだ」

「どうしたの、リュミエール？　私の貴女は、そんな酷いことを言う子じゃないわ。そ、それに声が低すぎるじゃない。まるで……」

「だとしたら、そんな子は最初からどこにもいなかったんだよ」

「……嘘……嘘よ。リュミエールは誰より可愛いくて愛くるしい女の子で……」

ラリサがどこまで理解できたのかは分からない。ただ彼女は蒼白になり、リュミエを突き飛ばした。

その反動で、ラリサが温室に置かれた鉢に足を取られ派手に転ぶ。いくつかの鉢は割れ、色鮮やかな花が土と共に床にぶちまけられた。

「ラリサ様……！」

思わず駆け寄ろうとしたアルエットを制止したのは、リュミエだった。彼は無言のまま首を横に振る。ラリサは床に座り込んだままぶつぶつと呟いていた。

「……違うわ……私の大切なあの子が汚い男みたいな声をしているはずがない……完璧なんだもの……一つも欠点がない綺麗な人形なのよ……」

調律を欠いた声に抑揚はなく、呆然と見開かれた瞳は瞬きを忘れているようだった。

先刻までの淑女はどこにもいない。そこに座っているのは、哀れな妄想に取り憑《とっ》かれた一人の女でしかない。見たいものだけを視界に収め、聞きたい甘言にのみ耳を傾ける。そうやって作り上げた箱庭でしか生きられない、悲しい人だった。

温室内に沈黙が落ちる。正確にはラリサが独りで話し続けているので、完全なる無音ではない。

だが意味をなさない言葉の羅列は、いつしか静寂に溶けてゆく。温室内の生温い空気と、急に濃度の増した甘ったるい香りが絡みつき、アルエットは口元を押さえた。

「……行こう」

「でも、ラリサ様が……」

「後は大叔父様が対処するだろう」

アルエットはリュミエに手を取られ、歩き出した。その速度は驚くほど速く、アルエットは小走りになる。

一度だけ振り返れば、ようやくやってきたメイドたちがラリサに声をかけているところだった。

帰りの馬車の中では、互いに押し黙ったまま時間が過ぎた。

何から切り出せばいいのか、分からなかったからだ。

温室での出来事があまりにも衝撃的すぎて、心が追いついてこず処理しきれない。

結局、リュミエが口を開いたのは、屋敷に戻り就寝する時刻をかなり過ぎてから。

入浴も着替えも済ませたアルエットがぼんやり自室のベッドで膝を抱えていると、彼の方が部屋へ訪ねてきた。

「リュミエ様……呼んでくだされば、私から伺いましたのに」

「いや、たまには私から忍んで行くのも悪くないと思って」

わざとなのか、おどけたように明るく振る舞う様は、アルエットの胸を掻き乱した。それだけではなく今夜の彼はシャツとズボン姿で、いつもの可愛らしいネグリジェ姿とは違い、目のやりどころに困る。これまで何度かリュミエのこういった姿は目にしていたものの、今夜はそのどれとも違う気がした。

いくつかボタンを外した狭間からちらりと覗く胸板には、当然ながら柔らかな膨らみはない。詰め物も化粧もしていないせいか、今の彼はまったく女性には見えなかった。

一本で括られた髪も妖艶な美青年を彩るものでしかなく、イヤリングやネックレスよりよほどリュミエを引き立てている。アルエットの視線は自然と吸い寄せられた。

「そんな格好を他の人に見られたら……」

「この時間、呼ばない限りは誰も来ないよ」

リュミエの言う通り、邸内は静まり返っている。使用人たちもそろそろ眠りにつく時間帯だ。多少の物音がしたとしても、主人と恋人の時間を邪魔してはいけないと、階上に上がってはこないと思われた。

「少し、飲まないか」

彼の手にはワインの瓶とグラスが二つある。既に一人で飲んでいたのか、微かな酒気がリュミエの呼気には混ざっていた。

おそらく、素面《しらふ》では今夜を乗り越えられないのだ。その気持ちはアルエットにもよく分かった。

信じていた人に裏切られるのは辛い。ラリサを心から信頼していた彼ならば、余計に苦しいに決まっていた。

「……はい、是非」

酒にはあまり強くないけれど、アルエットはグラスを受け取った。ベッドの端に腰を下ろしたリュミエが葡萄《ぶどう》色の液体を注いでくれる。

やや雑に瓶を傾けたので、グラスの中で滴が跳ねた。

普段、どんな所作も優雅な彼からは考えられない粗雑さが、リュミエの心境をよく表している。アルエットは痛ましいものから視線を逸らす心地で、ワインを呷《あお》った。

「……美味しい、です」

「それは、よかった」

心ここにあらずなのは、彼の顔を見なくても分かる。極力普段通りに振る舞っているのが空々しい。きっと、ラリサのことを考えているのは間違いない。

もうリュミエを傷つけたくないと願っていたのに、最悪の形で彼は両親の死の真相を知ってしまった。無慈悲な神は、どこまでリュミエに試練を与えるつもりなのか。彼の心は癒やせないほどの傷を負ったはずだ。

無力な自分がもどかしく、アルエットはグラスを傍らのキャビネットに置くと、力なく投げ出されていた彼の左手に己の手を重ねた。

「……泣いても、いいですよ。私の弟は、辛いことがあるといつも私に抱きついて大泣きするんです」

「……私が君の弟と同じだと？　そもそもこの年になって号泣していたら、変に思われる」

「どうせ誰も見ていません。男性が泣いてはいけないという決まりもありませんし」

男女関係なく、涙を堪えられない時はある。泣くことで、胸の内を吐き出すこともできるだろう。我慢して呑み込み続けるばかりでは、いつか心が破裂してしまうはずだ。

アルエットはリュミエに向け、両手を広げた。しかし彼は一向に動こうとしない。

だから今度はやや強引にリュミエを引き寄せ、自らの胸へ抱き込んだ。

「……っ」

寝衣一枚身につけているだけなので、他者の形と温もりがまざまざと感じられた。

柔らかな金色の髪の感触も、吐き出す息の熱さも、彼の微かな身体の震えも。

全てが愛おしくて切なくて、アルエットは離れようとするリュミエの頭をぎゅっと抱きしめた。

「アルエット……っ」

「――こうしてみて分かりました。ただ単に私が貴方を抱きしめたかったみたいです」

もがいていた彼の身体から力が抜ける。アルエットを押しやろうとしていた腕は、いつしかこちらの背中に回されていた。

「……悪くない、な」

シャツ越しの肩が小刻みに震えている。リュミエの目元が押しつけられたアルエットの胸の上部が、じんわりと湿った。

けれど何も言及する気はない。

彼の頭を撫で、背中を摩ってやる。ただし弟にするよりも、もっと想いは籠もっていた。

二人が身じろぐ度に、衣擦れの音だけが室内に響く。

強く縋りついてくる腕の力が弱まるまで、静かな時間が流れていった。

やがて、どれだけ時が過ぎただろう。きっと、そう長いものではない。

実際にはほんの十分程度。けれど永遠にも感じられる濃密なひと時だった。

「――……いつから、ラリサ様が犯人だと思われていたのですか？」

リュミエが落ち着きを取り戻したのを感じ、アルエットは口火を切った。

彼はゆっくりと身体を起こすと、僅かに赤くなった瞳でアルエットを見つめてくる。

「……カードの残り香に気づいた時だ。温室にあった花を彼女は昔から熱心に育てていた。

……それにラリサはあの花の匂いを模した香水も作らせていたんだ」

「ですがそれだけなら、悪戯心を加えた音楽会への誘いに過ぎなくはありませんか？」

少々遠回しではあるが、再会に驚きを添えたかっただけとも考えられる。

あれだけでラリサの犯行だと決めつけるのは、アルエットには無理がある気がした。

「……両親が亡くなった後、遺品整理をしていて見つけたものがある。だが当時は何の変哲もないただのカードだと思って、特に気に留めなかった。一言、『教会で待っています』と書かれていただけだったから。二人の死に関係があるなんて思いもしなかった」

当時の彼はまだ十三歳。両親を亡くし、どれほど心細く辛かったことか。想像するだけで胸が軋み、アルエットの瞳が潤んだ。

もし自分がその当時リュミエの傍にいられたなら、何時間でも何日でも寄り添ってあげられたのに。少しでも彼の痛みが癒えるよう、ずっと胸に抱いていてあげたかった。

けれどそれは決して叶うことがない願い。アルエットにできるのは、今こうして真摯に耳を傾けることのみだ。

「カードの形と紙質、綴られた文字、文章の類似性……一つ一つは欠片でしかない。それでも、私の中で一度閃いてしまった可能性を、確かめずに放置することはできなかった……」

「ああ……」

何と言葉をかければいいのか分からない。どんな台詞も、今は陳腐になってしまう。リュミエが受けた心痛は想像することしかできず、胸が塞がれた。

ラリサの罪深さは計り知れず、彼女がその重さに気づくことは、この先もない気がする。そんな残酷な現実が、殊更悔しくもあった。

「リュミエ様、私を見てください」

彼の頬に両手を添え、アルエットは真正面から視線を絡める。茫洋としていたリュミエの焦点が、自分に結ばれたのを感じた。

「私、リュミエ様を愛しています。今は私のことだけを考えてくださいませんか」

「……！　アルエット、温室でもそう言ってくれていたね。だけどあれは、ラリサを止めるための方便だったんじゃないのか？」

彼の視線が惑うように揺れた。

大きく見開かれた双眸には、先刻までなかった光が瞬いている。そのことに勇気を得て、アルエットは深く息を吸った。

「それもありますが、本心です。私はいつの間にか、本気でリュミエ様に心奪われてしまいました。もし許されるのなら……貴方が爵位を継いだ後も、お傍に置いてください」

彼の足枷にはなりたくない。

ルブロン伯爵家親族の中には、ラリサのように『身分が低い女など障害にしかならない』と考える者もいるだろう。だとしたら速やかに去るのがリュミエのためかもしれなかった。

——でも、彼を一人にしておけない。

目的を果たした後、リュミエがあの面々の中に取り残されるのだと思うと、いても立ってもいられなかった。

それならどんな扱いを受けようと、彼を近くで支えてあげたい。

他人にどう思われるかより、リュミエを一人にしない方がずっと重要だと、ようやく分かった。

「リュミエ様が望んでくださるなら、私は——」

「アルエット……っ、君はいつだって私が本当に欲しい言葉をくれる……っ」

「んっ……」

熱烈なキスは、最初から深く淫靡なものだった。

ベッドの上で抱きしめられ、そのまま背後に押し倒される。ワインの香りが鼻に抜け、心地よい酩酊感が全身に広がった。

「でも、どうして先に言ってしまうかな。正式な求婚は、きちんと色々準備して私からするつもりだったのに」

「じゅ、準備？」

「そうだよ。たとえばベッドに薔薇の花弁を敷き詰めたり、贈り物で部屋を埋め尽くしたり、さもなければアルエットのために用意した船で二人きりの時を過ごしてから言うつもりだった。私と、一生を共にしてほしいと――アルエットはそういうことに憧れがあるだろう？」

信じられない言葉に我が耳を疑った。

自分には生涯縁のないと思っていた甘すぎる求愛。それを、この世で一番愛しい人が己のために計画してくれていたのかと思うと、勝手に涙が溢れて止まらなくなった。

「リュミエ様は私を愛しているのですか？」

「当たり前だ。好きでもない女との間に子どもが欲しいなんて望みはしない。どうしたらアルエットがずっと傍にいてくれるのか、本当は随分前から考えていた」

可愛いもの、キラキラしたものは似合わないと諦めることに慣れすぎて、アルエットはいつしか恋愛自体を遠ざけていた。

彼に想いを寄せながらも、同じだけ愛されるための努力は、放棄していた気がする。

そんな弱気な自分に、今初めて思い至った。

——私はリュミエ様のことを考えている振りをして、その実怯えていただけ。

彼の傍に留まることで受ける非難を恐れていた。聞く必要のない他人の意見にばかり気を取られ、本当に耳を傾けるべきリュミエ自身の考えを真摯に聞こうとしたことがあっただろうか。

勝手に自己完結し、アルエットが正しいと思う道を選ぼうとしていたに過ぎない。

それではラリサと同じ、独り善がりな思い込みの押しつけでしかなかった。

「私は、平民です。それでも構いませんか？」

「前にも言っているが、母もそうだ。私がそんなことを気にすると本気で思っている？」

「いいえ……っ」

彼なら、くだらない慣例など軽々と飛び越えるだろう。男女の境すら自由に行き来する人だ。常識に囚われず、自分の信じた道を突き進む。

それでいてアルエットの意見を受け入れてもくれる。そういう人だから好きにならずにはいられなかった。

「じゃあ、何も問題ない。改めて、アルエット——私の妻になってくれる？」

婿ではなく、妻。そう言われたことが、偽物の求婚ではない証の気がして、無性に嬉しかった。

――私は、もう迷わない。

この人について、生きてゆく。どんな困難も二人一緒なら、のり越えられると思えた。

「愛しています、リュミエ様。喜んで、お受けします」

誓いは濃厚な口づけで交わされた。

固く抱き合って、互いの身体をピッタリ重ねる。僅か一枚の布にも隔たれたくなくて、二人共もどかしく身につけているものを脱ぎ捨てた。

素肌が触れ合い、甘い愉悦が走る。これまでも身体を重ねる度に幸福感があったけれど、どれも今夜の比ではなかった。

絡めた指先からも、逸らされない眼差しからも、混じる吐息ですら快楽の糧になる。充足感が胸に満ち、アルエットは大きな声で愛を叫びたい衝動に駆られた。

この人が自分の好きな人なのだと大勢の人に言いたい。祝福されなくても関係ない。大事なのは、その素晴らしい人が同じ愛情を返してくれていることだった。

「私も、アルエットを心から愛している」

「……あっ」

耳、額、頬骨、唇とキスの雨が降り、伸ばした舌先を淫猥に触れ合わせた。

汗ばむ肌を辿る彼の手も熱い。互いに籠もる熱の逃し方を見失い、それでも微塵も離れたいとは思わなかった。むしろもっと密着していたい。これ以上近づくことはできないほど傍にいても、足りないと思ってしまう。

一つになりたい欲求に抗えず、アルエットはリュミエの胸へ手を滑らせた。

「……んっ」

そこには柔らかな双丘はなくても、愛らしい二つの飾りはある。触れると少しだけ膨らんで、赤みを増すのも女性と同じだ。そして、優しく刺激すると快楽を生み出すところも。

「アルエット……っ」

「私も……リュミエ様に悦《よろこ》んでほしいです」

自分がされて気持ちがいいことは、きっと彼も同じはず。

拙いながらもアルエットは舌を伸ばし、愛しい人の乳嘴へ宛てがった。

柔らかいけれど芯がある、不思議な感触を口内で楽しむ。舌で転がし、弾き、押し込めば、リュミエの呼吸が僅かに乱れたのが伝わってきた。

彼の肌も火照り、より汗ばんでくる。更には官能的な呻きが鼓膜を揺らし、何故かアルエット自身も昂ってきた。

「……っく」

低い声が、艶めかしく漏らされる。行為を続けながらアルエットが上目遣いでリュミエを窺えば、彼は目尻を朱に染め色香を垂れ流しにしていた。

——私だけを見てくれている……

リュミエの瞳に映るのは、アルエットだけ。今ならおそらく、ラリサの存在は彼の中から薄れているはず。それが嬉しくて、アルエットは一層熱心に彼の胸の先端を愛撫した。

片側は舌で愛で、もう片方は爪の先で擽る。すると如実に色と大きさが変化した。

「アルエット、やめ……っ」

「可愛い、リュミエ様」

真っ赤になった彼の顔に興奮している自分がいる。こんな嗜虐的な一面が己にあったとは、初めて知った。だがそれも悪くないと思う。

綺麗な顔をした男が、喘ぎを噛み殺す姿は途轍もない愉悦をアルエットにもたらした。ほんの少し屈辱を滲ませているところもいい。そんな表情を見られるのは、自分だけの特権だと分かっているからだろう。

はしたないと知りつつ、アルエットは夢中でリュミエの肌を弄る。その度に反応を示してくれるものだから、いつしか羞恥心は遠退いていた。

「アルエット、もう……っ」

「あ」

少々強引に引き剝がされ、口寂しい。アルエットの唾液に塗れたリュミエの乳頭はひどくいやらしく濡れ光り、熟れた色味を増していた。

悔しげにこちらを睨む彼の顔に余裕はない。そのことがアルエットをいたく満足させた。

「やってくれたな。これはもう入念に礼をしなければならないね」

礼と言いながら、リュミエの瞳に浮かぶのは獰猛な色だった。情欲に染まり鋭さを増した双眸は、完全に発情した男性のもの。本当に喰らわれてしまいそうで、期待と不安が綯《な》い交《ま》ぜになり、アルエットの下腹が甘く疼いた。

ドキドキと胸が高鳴る。滾った呼気が自らの口から漏れ出た。

きっとアルエットの頰も赤く染まり、興奮を表しているだろう。淫らに歪んでいるかもしれない。けれどだとしても、彼がそれを求めてくれるなら、どうでもよかった。

いっそいやらしい自分を見てほしいとすら願う。

リュミエと想いが通じ合った歓喜のせいで、思考がおかしくなっている。一秒でも早く繫がりたいと思うのも、きっとそのせいだった。

彼の楔は、雄々しく首を擡げている。既に先端からは透明の滴が漏れていた。

その剛直で自分の中を満たしてほしい。一瞬も無駄にしたくない。

逸る気持ちのまま、アルエットは切なく喉を鳴らした。

「……今夜は、いつになく積極的だ」

「リュミエ様が私を愛していると言ってくれたからです……」

「だったら、これからは毎日伝えるよ。今までだって本音では言いたくて仕方なかった」

「あ……っ」

仰向けに押し倒され、開かれたアルエットの太腿にリュミエが唇を落としてくる。ちゅ、ちゅ、と吸いつかれる度に刹那の痛みが走った。

点々と赤い痕が残され、卑猥な刻印をされた気分になる。

内腿なんて、特別な相手にしか見せない場所だ。そこを我が物顔で占有され、クラクラとした。いつものアルエットなら、たった一杯のワインではここまで酔わない。

酩酊しているとしたら、彼にだ。この濃密な時間と空間にすっかり溺れていた。

「愛している……」

眩暈がする。ふわふわと頭も身体も軽くなる。思考は散漫になり、欲望が剝き出しにされた。すると取り繕えない気持ちが鮮明になる。

「私の方が、愛しています……っ」

「私と競うつもり？　だったら思い知らせてあげる。どれだけ私が君を想っているか――」

「……ひゃ……っ」

内腿を啄んでいたリュミエの唇が、アルエットの脚のつけ根へ移動した。二本の指先で花弁を開き、その奥に隠れる肉芽を剝き出しにさせられる。

そこは女の身体で最も敏感な場所。

息を吹きかけられるだけでも、末端まで痺れが走った。

「や、ぁ……ッ」

けれどそれだけで終わるはずもない。当然のように彼は花芽を口内に含み、器用に舌で嬲ってきた。

先ほどアルエットがリュミエの乳首へ加えた悪戯とまったく同じ動きで、転がし、弾き、押し込んでくる。むしろ舌の面積が広く肉厚な分、刺激はより凶悪なものだった。

「は……、ぁ、や、駄目ぇ……っ」

彼の頭に手を置き、引き剝がそうとしても叶わない。あまりの愉悦に、アルエットの下肢は虚脱していた。身を捩るのが精々で、その間も淫らな責めはやむことがない。

アルエットの全身が戦慄き、爪先に力が籠もる度、リュミエが執拗に舌を動かした。

「……ぁ、ッああ……、ぁ、あああぁッ」

踵がシーツに皺を刻み、あっけなく達してしまった。

愉悦の余韻が、全身に重い疲労感をもたらす。激しく上下する胸を弄られながら淫路を指で搔き回され、再びアルエットは絶頂へ押し上げられた。

「ま、待って……私、まだ……っ」

「ああ。とても可愛い顔をしていた。もっと見せて」

「ひぅ……っ」

粘着質な水音が大きくなる。ぐちゃぐちゃと響く音がいやらしく、耳からも被虐的な快楽が搔き立てられた。

蜜窟の中で曲げられた彼の指が、アルエットの弱点を擦り上げる。そこを弄られるといつも声を堪えることはできなくなった。

「アッ、また……っ、駄目、……ぁ、あんッ」

太腿がブルブル痙攣する。濡れそぼった陰唇からはとめどなく蜜が溢れた。おそらくシーツには卑猥な染みが広がっている。それでもリュミエは手を止めることはない。逆に激しくなる一方の指戯に、アルエットは泣き喘いで喉を晒した。

「あぁあああ……っ」

すっかり綻んだ花弁は、淫猥な香りを漂わせている。虫を誘う花よろしく、可憐に咲き誇っていた。

「まだ眠っては駄目だよ、アルエット」

「……ん……ぅ」

正直、連続で快楽を極め、瞼は落ちかかっていた。肉体は疲れきっている。だが身体はこの上なく満たされていても、心は不十分だった。

彼と一つになりたい。交じり合って、一緒に溶けてしまいたい。

その願いは未だ叶えられていない。だからアルエットは虚脱していた腕を叱咤し、リュミエの背中に回した。

「……もっと、愛してください……」

「……っ」

如実に頬を染め驚いた顔をした彼を目にして、アルエットは自分の発言が誤解されているのを悟った。どうやら『激しく抱かれたい』と強請っているのだと解釈されたらしい。

「あ……っ、今のはいやらしい意味じゃなくて、ただリュミエ様に……っ」

「違うの？　そういう意味だとしても、私は構わないけど」

意味深に目を細めた彼は、筆舌に尽くし難いほど美しかった。それでいて危険な色も孕んでいる。捕食者の眼差しに射貫かれて、アルエットの体内が甘く騒めいた。

「……ち、違わない、かも……しれません……」

白旗を掲げ、正直になったのはアルエットの方。リュミエに嘘はつけない。

よくよく自分の本音を探れば、身も心も愛してほしいという貪欲なアルエットがいた。

「よかった。否定されたら私の気持ちの行き場がなくて、辛い」

晴れやかに笑った彼が、自らの楔に手を添え、アルエットの泥濘《ぬかるみ》を探った。先端で入り口を捏ねられ、それだけでも喜悦が高まる。

しかしいざ剛直が隘路へ押し込まれると、絶大な快感に全てが塗り替えられた。

「ふ、ァ、ああ……ッ」

ずずっと身体の中央が割り開かれる。息苦しさはあっても、それ以上に気持ちがよかった。

濡れ襞をこそげながら入ってくる質量が愛おしく、粘膜が歓迎しているのが自分でも分かる。

擦り立てられた蜜壁が戦慄いて、リュミエのものに絡みつく。僅かな振動でも、おかしくなりそうなほどの法悦に満たされた。

「……ぁ、ああ……いい……っ」

「私も……っ、アルエットの中は温かくて居心地がよすぎるから困る……っ」

は、と息を吐く彼の顎から汗が滴り落ちた。

その滴がアルエットの頬を濡らす。様々な体液で汚れた肢体を絡ませ合って、ゆっくり距離を縮めてゆく。

二人の局部がぴったり重なる頃には、互いに甘い喘ぎだけを漏らしていた。

「……っ、や、あ……っ」

「アルエット……ッ」

掠れた声で名前を呼ばれ、耳から媚薬を注がれた心地になった。悦楽が高まって、体内が蠕動《ぜんどう》する。

だから、悪戯心が湧いたのは仕方あるまい。

アルエットは手足をリュミエの身体に絡ませ、そのままコロリと横へ転がった。

「え……っ？」

驚きを露にした彼は無抵抗で、上下が逆になったアルエットを見上げてくる。動揺した表情は、こちらの胸を激しく疼かせた。

「……アルエット？」

「こうしていると、リュミエ様を押し倒している気分になります……」

言いながら、己の言葉にも興奮が煽られた。心臓は弾けそうな勢いで高鳴っている。体内が勝手に収斂し、先ほどから彼のものを食いしめてやまない。動いていないのに絶大な快楽を感じ、アルエットはフルリと背筋を震わせた。

「んん……っ」

気持ちがいい。考えるより先に腰をくねらせてしまう。淫らな水音を奏で上下前後に動けば、さも美味しそうにアルエットの蜜窟がリュミエの肉槍をしゃぶった。

卑猥な咀嚼音が室内に降り積もる。勿論自分自身も大いに悦楽を味わったが、それ以上に彼の感じてくれている声や表情がアルエットに悦びをもたらした。

——ああ、もっとリュミエ様を独り占めしたい……私だけを見てほしい。

どんどん大胆になる腰遣いが、淫蕩な水音を掻き鳴らす。息は弾み、いやらしいこと以外何も考えられず、アルエットは夢中で身体を揺らした。

「……っく」

その動きが堪らないのか、彼の眉間に皺が寄る。赤く染まった男の頬へ手をやれば、リュミエが力強くアルエットの手首を握ってきた。

「……積極的な君も好きだけど、やられっぱなしは性に合わない」

「え……キャッ」

突然後頭部を引き寄せられ、濃厚なキスで口内を蹂躙された。

上も下もぐちゃぐちゃと粘着質な水音が立てられる。交じり合う体液は、殊更ふしだらな空気に拍車をかけた。

「ん……ふ、ぁ……っ」

アルエットの中で彼の楔が大きくなる。猛々《たけだけ》しく反り返る剛直に爛れた内壁を擦られ、アルエットの全身から力が抜けた。

「あ、んん……ッ」

繋がったまま再び半回転し、アルエットの背中がベッドに落ちた。予測できない動きだった分、隘路がグリッと抉られ、眼前に星が散る。喜悦のあまり、しばらく声も出せなかった。

「君の尻に敷かれるのも悪くないけど……私はやっぱり、こういう場面の主導権は握っていたいかな」

「……っぁ」

いきなり荒々しく穿たれて、アルエットは双眸を見開いた。繰り返し最奥を攻められ、一気に快楽が飽和する。

絶大な法悦に襲われれば、閉じられなくなった口の端から唾液がこぼれた。

「ま、待って……リュミエ様、ゆっくり……んぁああッ」

「アルエットが煽るから悪いんだよ。散々私を誘惑したんだから、責任を取ってほしい」

責める口調とは裏腹に、口づけは優しかった。ただしアルエットの蜜路を苛める腰遣いは、容赦がない。

「や、ぁ、駄目……ぁッ、あ、あんッ」

「一緒に楽しんで、愛し合おう？　アルエット」

「んぁ、ひ、ん……っ」

誘われて相手の動きに合わせて腰を振り、共に喜悦を享受した。結合部からはひっきりなしに濡れた音が響いている。

肉を穿たれる度に意識は飛びかかり、揺さ振られる衝撃で引き戻された。

「あッ、んぁっ、あぁぁ……っ、ァあッ」

蕩けた淫道がリュミエのものを食いしめ、この上なく淫らに扱き上げる。アルエットの意思とは無関係な動きは、激しすぎる快楽をもたらした。

何も考えられず本能のまま愛しい人だけを求める獣に変わる。自ら望み、ひたすら夢中で愛を伝え合った。

舐めて、指を絡め、弄り合って、共に揺れる。体液を交換し粘膜で互いを味わう。

滑る四肢を絡ませ合い、未だかつてない頂を目指せば、光が弾けるのは一瞬だった。

「あ……っ、ァあああッ」

「……っ、アルエット……！」

腹の奥に熱い飛沫《しぶき》が迸る。最奥に密着した彼の楔が蜜窟で二度三度と跳ね、絶頂に戦慄くアルエットの内側を隈なく擦り立てた。

最後の一滴までもアルエットの奥へ塗り込めようとするように、リュミエが吐精しながら突き上げ、白濁が淫らな水音を奏で掻き回される。

「ひ……ぁ、ああ……っ」

その動きにも喜悦は生まれ、アルエットは高みから下りてこられなくなった。

理性が焼き尽くされる。

背をしならせ、真っ白な世界に放り出された。呼吸の仕方も分からない。目を見開いても、見えるものは何もない。

それでも、自分を抱きしめてくれる腕の温もりだけは、しっかりと感じられた。

エピローグ

「テオドールは自爆、ヨハネスは辞退、弟はラリサのことで責任を取らせ、しばらく領地から出るのを禁じた。──私の後継者は、リュミエール。お前に決まりだ」

苦々しく顔を顰め、ルブロン伯爵は嘆息した。

それはそうだろう。血が近ければ能力や人柄は考慮しないと言っても、ものには限度がある。

それなりに名のある貴族の令嬢を追いかけ回し、相手側から正式に訴えを起こされたとなれば、後継者争いどころではない。どうにか穏便に収めるため、支払った賠償金は莫大な額に上ったはずである。

ヨハネスも大事には発展しなかったものの、リュミエの脅しが効いたのか、すっかり引き籠もってしまった。そして大叔父は──

「……ラリサの件は他言無用だ。息のかかった病院から一生出てくることはない。だからお前も金輪際忘れるように。いいな？」

確認の形をとった命令に、リュミエはただ無言で応えた。

祖父からルブロン伯爵家本邸に呼び出され、告げられたのは今後について。

期限の一年はまだ訪れていないが、これ以上結論を引き延ばしても仕方がないと踏んだのだろう。何せ、リュミエ以外の候補者は全員、資格なしと見做されたのだから。

以前四人が集められた屋敷の応接室に、今いるのはリュミエと祖父のみ。

あの時とは違い、随分人数が減ったせいか、部屋が無駄に広く感じられる。

虚しさを噛み締めつつ、リュミエはラリサのことを思った。

一見、儚い可憐な花は、実は恐ろしい毒花。それも温室でしか生きられない。

結局彼女は心の病を患っているとして、生涯を柵の巡らされた病院で過ごすことが決められた。ラリサの犯した罪は禁句とされ、リュミエの両親の死については、完全に事故として扱われる。これから先も永遠に。

祖父は一族内の醜聞を公にすることを許さず、大叔父からの懇願も多少は考慮されたのだろう。

――せめて孫娘の命だけは救ってくれと？　いや、己の保身のためか……

どちらにしても、『ラリサ』という存在はルブロン伯爵家では口に出してはならない名前となった。温室の一件以来、リュミエは彼女に会っていない。そんな時間もなく、ラリサは遠く空気が綺麗な――けれど牢獄同然の病院へ移されたためだ。

ラリサが穏やかな仮面の下で何を考えていたのか、今はもう知る術はない。どうしてあんなにもリュミエに固執していたのかも、謎のままだ。

ただ、意思疎通が難しくなった彼女は、ずっと『私の可愛いお人形。貴女のためなら何でもするの』と繰り返しているらしい。

その意味を、リュミエは考えたくない。

過去の一時でも慕っていた相手を、これ以上憎みたくはなかった。

「——時にリュミエール。お前は本気であのディランとかいう男と結婚するつもりか？」

「はい。家族を作れとおっしゃったのは、お祖父様ではありませんか」

「ふん……だが女のお前を当主とするなら、やはり後ろ盾は必要だ。子どもでもできていれば少しは考慮しようとも思ったが、その可能性は低そうだな」

祖父は、リュミエの平らな腹と高いヒールの靴を見て、薄く笑った。

「……何がおっしゃりたいのですか？」

「婚約破棄の慰謝料は払ってやる。だからお前は今すぐ私が決めた相手と婚約するがいい」

その言葉を受け、最初にリュミエが感じたのは、失望でも呆れでもなかった。『ああ、やっぱりな』と至極冷静に思い、特にこれといった感慨も湧いてこない。

きっと祖父ならばいずれこう言い出すと予測していた。

何よりも体面や権力に拘る人だ。どこの誰とも分からない男を、後継者の伴侶にするはずがなかった。

「お話が違いませんか」

「そんなことはない。誰も『お前が選んだ相手』と結婚しろとは言っていない。愛人として囲うことは許してやろう」

ニンマリと口の端を吊り上げる嫌な笑い方に、最初からそのつもりだったのをリュミエは悟った。

候補者たちが祖父のお眼鏡《めがね》に適《かな》う相手を連れてくればよし。さもなければ金の力で別れさせる腹積もりだったに違いない。

初めから祖父の掌の上で踊らされていただけ。この老人はリュミエに自由な選択など与える気は端《はな》からなかった。

おそらく試したのだ。他の至らない後継者たちを引き摺り下ろし、祖父の思惑通りにその座を手に入れられる器かどうかを。

——ラリサの件までは想定外だったようだが——

彼女の暴走がなかったとしたら、きっとリュミエは大叔父が再婚を狙っていた令嬢の実家に働きかけ、話そのものを潰していた。

そうして全ての候補者を叩き落とし、次期当主の座を摑み取ったのは間違いない。

つまり他は噛ませ犬に過ぎず、この馬鹿げた争いはもともと勝敗の決まったものであったのだ。改めてそのことを実感し、リュミエは冷笑を刷いた。

——この、クソ爺め。おかげでどれだけの人間が踊らされ、迷惑を被ったと思っている。

そういうことなら、こちらももう手加減はしない。

「……では私がディランと別れれば、私を次のルブロン伯爵家当主に選んでくださるのですね？」

「ああ。心配なら今ここで証書を認めてやる」

「是非、お願いします。それをいただけるのでしたら、今日中に彼とは他人になります」

「ははは、お前もやはりルブロン伯爵家の人間だな。よいぞ、用紙とペンを持ってこい」

祖父が控えていた使用人に命じれば、速やかに書類一式が用意された。ルブロン伯爵家当主の印もあり、ご丁寧にも立ち合いの公証人まで同席している。

リュミエは隅々まで目を通し、自らもサインを施した。

「これは私がお預かりしても？」

「用心深いな。構わんぞ。ああ、これで私もやっと肩の荷を下ろせる。まぁ、次代のルブロン伯爵家を支える、お前の子どもを見るまでは元気でいるつもりだがな」

上機嫌で笑う祖父を横目で眺め、リュミエは手に入れた証書を大切に抱えた。これでいくら祖父と言えども簡単には決定を覆せない。

正式な手続きを踏み、当主の印が押された書類は、それだけの価値と効力があるのだ。

「……では一つ報告があります。現在、お祖父様のご指摘通り、私は子を孕んではおりません。そして今後も永遠にその可能性はないでしょう」

背筋を正し、リュミエは聞き間違われることのないよう一言一句はっきりと発した。

「何を言っている……？」

動揺した様子の祖父を見るのは、気分がよかった。この瞬間のために、長い間堪え忍んできたのだ。そのせいか、じっとりと掌が汗ばむ。しかしそれは、高揚の表れだった。

「ですが、ご安心ください。私が子を産むことはなくても、『彼女』が代わりに産んでくれますから。――アルエット」

扉の向こうに呼びかければ、続き部屋に待機していたアルエットが部屋に入ってきた。

「誰だ、この女は？」

優美なドレスを纏い、美しく装った彼女の姿に、祖父は怪訝な顔をした。これで会うのは三回目のはずだが、まったく覚えていないらしい。

だがそれも当然と言えなくもない。今日のアルエットは、メイドの格好でもなければ、男装でもない。いつにも増して美しく、自分が何度も見惚れてしまう華やかなドレス姿だったのだから。

「私の子を産んでくれる女性です」

「お前はいったい何を言っている……？　まさかラリサのようにお前までおかしくなったのか？」

怯えと憤りを含んだ声音で、祖父が言い放った。

椅子に座ったままでも、腰が完全に引けているのが見て取れる。それがおかしくて、リュミエは吹き出さないよう堪えるのが大変だった。

――滑稽だな。これほど傲岸不遜な男であっても、理解が及ばないものは恐ろしいらしい。彼の常識の中にはない事態に見舞われ、混乱しているのは明らかだった。ならば一層惑わせてやろうと、リュミエは悪辣な笑みを湛える。

「至って正気ですから、ご安心を。お祖父様は先ほどおっしゃいましたよね？　子どもでもできていれば考慮するつもりがあったと。約束は守っていただきます。私も『ディラン』とは縁を切りますので」

立ち上がったリュミエは、アルエットの手を引いて代わりに彼女を椅子に座らせた。仄かに不安そうにしていたアルエットと目を合わせ微笑めば、強張っていた肩から力を抜いてくれる。重ねられた手には、僅かに力が込められた。

――大丈夫。君は私が必ず守ってみせる。

想いは正確に通じたらしく、アルエットも微笑み返してくれた。この世でかけがえのない宝物。それは今、二つになった。守るものがあると、人は格段に強くなれる。

それを教えてくれたのは、彼女だ。

アルエットの笑顔に背中を押された形で、リュミエは祖父へ向き直った。

「代わりに彼女と結婚します。アルエットは、私の子を宿しています。この婚姻については、ここへ来る前に方々へ通達しましたから、残念ながら撤回はできませんよ。今更破談にすれば、ルブロン伯爵家は子を孕んだ女性を追い出したと醜聞になるでしょう」

「何を世迷言《よまいごと》を……女同士で子ができるわけがなかろう！」

激昂した祖父は、屋敷中に響き渡りそうなほどの大声を出した。

ビリビリと空気が震え、鼓膜が痛い。だがその程度で怯む自分ではなかった。それよりも全てが終幕に向け動いている実感が、興奮をもたらしている。

リュミエはアルエットのこめかみに口づけながら、嫣然と唇で弧を描いた。

「アルエット、そのドレス本当によく似合っている。とても綺麗だ」

「リュミエ様……」

彼女にだけ許した呼び名に酔いしれ、アルエットの掌が汗ばむのを感じた。

確かに一般的な女性よりは指が長く大きな手かもしれない。それでも自分と比べれば随分華奢で柔らかく、無条件に守ってあげたい気持ちが込み上げた。

簡素な服でも男装でもない華やかなドレスに身を包んだ彼女は、心持ち気恥ずかしそうに睫毛を伏せる。目尻を染めた赤が艶めかしい。

この愛らしい人が自分を愛してくれているのだと思うと、天にも昇る心地になった。

「女同士で子どもはできない——ええ。それは当然です。ですが私は女性ではありません。生まれた時から男です。その件も結婚報告と共に手紙に記し方々へ送っておきました。今頃王家を含めて、ちょっとした騒ぎになっているかもしれませんね。ルブロン伯爵家次期当主は、女装が趣味だと」

「な……っ」

血管が切れるのでは、と心配になるような顔色で、祖父が絶句した。こめかみがピクピクと青筋を立てている。

その瞬間リュミエが味わった気分は、『爽快』以外の何ものでもない。こんなにも晴れやかな心地になるのは、両親を喪《うしな》って以降初めてのことだ。

やっと積年の願いを果たせた。

この老獪で人を人とも思わぬ男に、一泡吹かせてやれた。何より大事にしているルブロン伯爵家の体面に泥を塗られたとあっては、さぞや腸が煮えくり返っているだろう。

だが、もう遅い。

噂はあっという間に広がり、尾ひれと背びれがつくのを止める手立てはどこにもない。人々は、さぞや面白おかしく無責任に囀《さえず》ってくれるに違いなかった。その様を想像するだけで胸が高鳴る。

しばらく社交界はリュミエの醜聞で持ちきりになるに決まっていた。とはいえ、失脚するほどの大罪を犯したのでなければ、取り返しのつかない失敗をしたのでもない。

だから精々一時的に笑い者になるだけの話だ。

けれどそれこそが、祖父のような人間には耐え難い屈辱に決まっていた。

陰で嘲笑され、あることないこと好き勝手に語られ、娯楽として消費される。天よりも高い矜持と自尊心を持つ男に耐えられるはずもない。

しかもそんな『みっともない』後継者を自ら指名してしまったのだ。お前の目は節穴かと、嘲られるのは目に見えていた。

「き、貴様……っ、くだらん戯言《ざれごと》を……っ」

「ルブロン伯爵家は私が継いで差し上げますよ。父はあなた方を疎んではいましたが、心の底から嫌うこともできなかった。だからどんなに意に沿わなくても、この家に戻ることを了承したのです。そうまでして父が守ろうとした家門を、息子である私が潰すわけにはいきません」

いつしかリュミエの声は生来のものへ戻っていた。

嫋やかだった仕草も、堂々とした佇まいに変わる。それでようやく、祖父は孫の言っていることが嘘や作り話ではないと理解できたのだろう。

ワナワナと震え出し、椅子から転がり落ちそうになった。

「旦那様！」

その場にいて、狼狽《うろた》えるばかりだった公証人や使用人たちが祖父に駆け寄る。祖父は朦朧《もうろう》としながらも、何かを訴えるようにリュミエを睨みつけてきた。

「ま、待て……っ、リュミエール……！」

「──それではこれで失礼いたします。お祖父様。どうやら隠居の日は間もなくのようですね。寝たきりの晩年にならないことを願っております」

カーテシーではなく紳士の礼をした孫を前にして、祖父は泡を吹きながら卒倒した。

「だ、旦那様！　お気を確かに！」

「リュミエ様……お、お祖父様が……っ」

「ああ、気にしなくても大丈夫だ。この家には腕のいい医師がいる。お祖父様もこの程度でくたばる繊細な方ではない」

「でも……」

慌てふためくアルエットの背中を押し、混乱に乗じてリュミエは応接室を出た。その手にはしっかりと祖父が認めた書類が握られている。これさえあれば、もうこの屋敷に留まる理由はなかった。

「さて、私たちの家へ帰ろうか。──ああ、もうこんなに動きにくい格好をする必要もないな。早く着替えてしまいたい」

ジャラジャラとした装飾品も、歩きにくい靴も、重いドレスももういらない。美しく装うのは嫌いではなかったが、これから先はアルエットを飾り立てた方がずっと楽しそうだ。

想像するだけで心が躍り、リュミエは唇を綻ばせた。

「……これからは男性の格好をされるのですか？」

「そのつもりだけど、嫌？」

「嫌ではありません。リュミエ様ならどんな服を着ていても似合っているに決まっています。ただ……少しだけ寂しいな、と思って……貴方の女装はあまりにも可愛いので」

「だったら、今度からは二人きりの時にしてあげるよ。お互いドレスで抱き合うのは、倒錯的で悪くなかった」

素晴らしいアイディアに、リュミエは自然と満面の笑みになる。するとアルエットは真っ赤になって自らの頬を押さえた。

「な、何て破廉恥な……！」

「だけど君も嫌いではなかっただろう？　何せアルエットは、案外攻める女だからね。恥ずかしがり屋のくせに、無意識で男前なことをするから、時折私の方が翻弄されてしまう。だけどそういう君も大好きだよ」

耳元で囁けば、彼女の顔はますます羞恥に染まった。淫らな想像をしたのか、潤んだ瞳が艶めかしい。

そういう態度が男の劣情をそそるのだとは、考えもしないようだ。

「さて、アルエットのご家族にも挨拶をしなくてはならないな。大事な嫁入り前の娘に手を出したと怒られそうだ……」

「平気ですよ。我が家は私が嫁ぎ遅れることを心配しているくらいですもの。それに……リュミエ様ほど素晴らしい方がお相手なら、反対なんてするわけがありません」

未来は光に満ちている。

リュミエは愛しい妻を抱き寄せて、愛を込めたキスをした。

あとがき

初めましての方もそうでない方もこんにちは。山野辺りりと申します。

今回は色々な意味で立場や出で立ちが変化するヒロインを書かせていただきました。

思い返せば結果的に倒錯的なシーンばかりという状態ですが、私はとても楽しかったです。格好いい女子は、女の目から見ても憧れる……勿論綺麗な男子も大好きです。

何はともあれ、一所懸命生きている人は誰でも魅力的だよね、という意味を自分なりに込めたつもりです。皆さまが少しでも楽しんでくださいますように。

この本の完成までに携わってくださった全ての方々に感謝しています。丁寧にチェックしてくださった担当様、本当にありがとうございます。輪子湖わこ様のイラスト、おそらく私が一番楽しみにしていると思います。早く見たくて堪らない。

最後に、この本を手に取ってくださった皆さまに最大限の感謝を！　ありがとうございます！　またどこかでお会いできることを願っております。

山野辺りり先生、輪子湖わこ先生へのお便り、
本作品に関するご意見、ご感想などは
〒101-8405
東京都千代田区神田三崎町2-18-11
二見書房　ハニー文庫
「結婚は契約に含まれません！　～助けたのは伯爵令嬢のはずですが～」係まで。

本作品は書き下ろしです

Honey Novel

結婚《けっこん》は契約《けいやく》に含《ふく》まれません！
～助《たす》けたのは伯爵令嬢《はくしゃくれいじょう》のはずですが～

2022年11月10日　初版発行

【著者】山野辺《やまのべ》りり

【発行所】株式会社二見書房
東京都千代田区神田三崎町2-18-11
電話　03(3515)2311［営業］
03(3515)2314［編集］
振替　00170-4-2639
【印刷】株式会社 堀内印刷所
【製本】株式会社 村上製本所

落丁・乱丁本はお取り替えいたします。
定価は、カバーに表示してあります。

ISBN978-4-576-22153-3

https://honey.futami.co.jp/